海德薇 著

消逝月河之歌

Gone
in
moon
river

目次

第一章

女人舔舔嘴唇，挪移身子自我下方爬起，她以柔滑肌膚和鬆軟髮絲帶來的奇異觸感作為交換，我則替她的迷濛雙眼填滿醉意和歡愉。

她逕自於凌亂的床單上躺下，接著伸長了手臂，於床邊匆匆褪下的衣物中摸索翻找，取出菸盒和打火機。

「抽菸嗎？」她問。

「不了。」我說。

女人點燃一支細長的菸，火光迸發時火舌貪婪地舔舐紙捲，菸草在光點的明滅之間扭動蜷曲。「我是花花，」女人深深吸入一口，「你叫什麼名字？」

她側過身子面對我，呼出的白菸如滾湧的雲霧般朝我襲來。恍惚之間，我對於陌生女人和她身上縈繞的廉價香味在我床上攻城掠地感到困惑不已。

我攫起半小時前打開的啤酒猛灌，金黃色液體中的清爽早已消失殆盡，口中徒留苦澀，滋味一如乾柴烈火冷卻之後的空虛餘燼。

「叫什麼名字嘛？」她追問。

「小畢。」我搖晃著啤酒罐。

這個女人其實頗具姿色，以在酒吧裡隨機挑選而言，我算是相當走運。女人擁有一頭茂密的金棕色長髮和蒼白的膚色，在規律擺動下就像微風拂過麥田般搖曳生姿，加上惺忪的黑眼圈，很有病態的美感。

可惜我對金髮美女向來沒有特別偏好，這陣子以來，公寓裡的床就像是只飄零的小舟，而我只是負責擺渡。乘客來來去去，瘦的胖的、棕髮金髮，名字向來只存在於短暫的呻吟之間，過了就忘了，何必耗費心力多此一舉？

「小畢……」女人品嚐著名字在舌尖上打轉的餘韻，嬌酣說道：「小畢，啤酒喝光了？沒留兩口給我？」

「我家沒有吃的，就是不缺酒，冰箱在那裡。」我指向廚房。

「要幫你多拿一罐嗎，嗯？」她起身，湊過來想吻我。

「也好，麻煩妳。」我仰頭將啤酒一飲而盡後順勢壓扁，以熟稔動作擲出一道精準的拋物線，空罐瞬間落入垃圾桶裡層層疊疊的罐子墳場，在小公寓內發出清脆的哐噹聲響。

「丟得好，我看你還精神飽滿得很嘛。」女人曖昧地笑了起來。

我裝沒聽見，隨手抹去鬍渣上殘留的泡沫，對音樂家而言，嘴唇就是神聖的殿堂，只能用來演奏樂器和取悅所愛之人，我的聖殿雖然被棄置了很長一段時間，但不代表信仰能夠被破壞。

「不愛說話？嗯？」女人的食指和無名指夾著菸，赤腳下床後踢中一個被忘卻多時的凹陷啤酒罐。「唉喲！你的公寓究竟多久沒有打掃了？家裡沒有女人？」

我不置可否地聳肩，罐子也許是昨天的、也有可能是上個月的，記不清了，酒量總是和記性不成正比，喝得愈多、記得愈少。就像眼前散落腰窩的秀髮與凹凸有致的體態，我相信不消二十四小時，這幅動人畫面就會自腦中被酒精完全抹去。

女人步伐不穩地走向廚房，在流理台邊弄熄菸蒂，嘴裡嘟噥著：「你的家具還滿有品味的，就是缺個老婆替你打掃乾淨。」

女人拎了兩罐啤酒，腳步踉蹌地往回走，她在酒吧時已經喝了幾杯威士忌，剛到公寓時又乾掉一罐啤酒，短暫而激烈的運動過後，不同種類和濃度的酒品八成已經在她胃裡演變為花式混酒。

「喔喔。」她傻笑著趺坐床緣，不小心撞上床頭的成堆信件，未處理的信頓如雪崩般坍塌在我們的肩上、棉被上。「大人物，有很多人和你聯絡喲。」

「是帳單啦。」我接過啤酒，拉開易開罐大口暢飲起來。

女人彎腰整理床上的一團混亂，隨意翻閱銀行的催繳信件，她拾起其中一封，反覆翻面查看後逐字讀道：「月河鎮議會？這是什麼？」
「誰知道。」我對來信者毫無概念。
「會不會是賀卡？還是生日禮券？」女人天真地問。
「或是煩人的催繳明細。」我答。
「不會吧，你看它信封上的花紋多細緻，不像是銀行寄來的。」。女人揮舞著她的新發現。
我漠然地瞥了一眼，她說的沒錯，信封材質感覺很高級，象牙白的紙張上點綴著細膩的花朵浮雕，尺寸也不是一般的平信，反而比較像卡片，這倒十分稀奇。
「拆嘛，說不定是中了大獎。」女人一股腦兒的將信封塞進我懷裡。
拗不過女人的堅持與自己的好奇心，我拾起略有厚度的信件，自言自語道：「我不記得有欠什麼議會錢哪。」
我沿著邊緣撕出一條齒囓般的痕跡，晃動敞開的縫隙，裡頭的卡片和照片頓時墜落。
女人搶先一把抓起卡片，掀開唸道：

親愛的畢先生您好，

我是月河鎮議會的議長詹譽中。本人對於您高超的演奏技巧素有耳聞，希望您能將音樂帶入我們這個人口老化的市鎮，為月河鎮注入一股嶄新年輕的活力。在此，我謹代表全市市民，敬邀您前來市內常駐表演，議會願意提供免費食宿，並提出每週一千元聘僱薪資的半年合約。隨信附上我的名片和一張市區照片，相信您定會因優美的市容和友善的居民而動身前來，期待您的答覆，謝謝！

恭祝，順心。

月河鎮議會　議長詹譽中敬上

「你吹薩克斯風？所以才不抽菸？」

「嗯，抽菸對肺活量不好。」

「你不抽菸，可是卻喝酒？你知道喝酒會變蠢嗎？」

「等我蠢得不知道該如何上酒吧，我可能會考慮改改這習慣。」

她被我逗笑了，繼而問道：「對方這是要提供一份聘書吧？你吹薩克斯風很厲害嗎？」

「還不賴。」我舔舔嘴唇。

不是我自誇，會吹奏薩克斯風的人很多，但能把技巧演繹得出神入化的街頭音樂家，除了我大概絕無僅有。當我沉浸在演奏中，薩克斯風就如同我身體延伸而出的一部分，不是我的指腹觸動按鍵，而是樂音牽引著我的動作；那渾厚悠揚的樂聲也不是來自管體的共鳴，而是我發自靈魂的吶喊。

此外，我自有一套特殊的手感記憶法，任何樂曲只要練習過一兩次就能牢記在心，非常管用。

「天哪，仔細看看，你還真的有點像肯尼吉耶，尤其是那頭又亂又長的披肩捲髮。」女人驀地睜大雙眼。

「他學我的。」我拾起隨信附帶的照片，「啊？」

剎那間，另一手的啤酒失足跌落地面——

我感到眼眶和鼻腔轟然發熱，碰觸相紙的指尖卻瑟瑟發冷，視線像是被無形的膠水給黏在相片上……那照片，猶如一道咒語，在暮色中閃閃發光。

我揉揉臉，再三確認這不是幻覺，只好使勁以掌箝住自己的胸口，抑制那錯拍的心跳。

「怎麼了？」女人不解地湊過來。

我按著床穩住身子，任驚慌的空白盡情延展，腦子好比打結般錯亂。在大約三分之一首曲子的時間過後，我緩緩閉上眼，不帶情感地告訴女人：「我想妳該走了。」

「什麼？現在是半夜耶，你要把我趕到大街上？」女人愕然。

我以掌心壓著照片。「錢在桌上，門不用鎖。」

「真會糟蹋人！」女人的震驚頓時化為汩汩怒氣。「去你的，遇到我算是你運氣好，要不是因為那點惻隱之心，我才不會上你的床。」

她迅速起身著裝，內衣、內褲、洋裝、絲襪，穿的時候比脫的時候粗暴百倍。我睜開眼，看著女人像是過境颱風般不停轉著罵著，離開前不忘摸走床頭隨手擱置的鈔票，最後奮力甩上大門。

砰然巨響之後是凝滯的死寂，現在又只剩下我一個了，無所謂，反正床單上數不清的毛球已經讓臥榻顯得過於擁擠。我調勻呼吸，小心翼翼地將照片翻回正面，再一次的，心臟立刻像籠中飽受驚嚇的小鳥般衝撞胸膛……

天哪，照片中那名挽著老人散步的女孩，實在太像我的妻子了！

女孩與妻相同的金紅色長髮如落日般閃耀，微笑如春風般宜人，那神韻令我心醉，同時心痛不已。

自妻失蹤以後，家就不再是家，而是四面冷冰冰的的牆。想當初，家中所有陳設都是妻子親自挑選的，大至我躺著的這張鍛鐵床，小到懸掛於牆面的相框。猶記得新婚燕爾的時候，她老是擔心這張床會被搖到解體。

可是床還沒壞，倒是先沉默了。一個人的體重不足以讓鍛鐵床發出聲響，家裡少了女主人的歡聲絮語，寂靜日復一日盈滿公寓。

後來就很容易猜想得到了，任何一個失去摯愛的男人都會輕易向墮落投降，先是酒，然後是女人，當然，痛苦能夠被歲月的洪流沖刷淡去，麻木卻是日復一日不增不減。

當我掩面啜泣時，警方只是無奈地拍拍我的肩頭，告訴我他們已經盡力了……如果失蹤本身也是一種答案的話，對警方而言已經構成結案，對我來說，卻是永遠的懸案。

說不定是被壞人綁架性侵，然後棄屍在偏僻的山區？說不定是被人迷昏，從此失去記憶，在異地流浪生活？說不定、說不定、說不定……我可以感覺到警察在我背後訕笑。

日以繼夜，我祈禱妻子回心轉意，讓我從被人遺棄的幻覺裡甦醒。

春去秋來，我懇求案情有所突破，讓我自意外身亡的夢魘中死心。

親愛的，妳就是去了那兒嗎？那個什麼……月河鎮？

我重新審視手中的照片，目光在每一個細節上流連徘徊，鮮活的色彩讓另一個城鎮彷彿近在眼前：磚紅色房舍四周圍繞修剪整齊的花木，幾位居民閒適地坐在噴泉廣場的鍛鐵長椅上聊天，還有一位坐在輪椅上的老太太抓了一把穀物正在餵鴿子。

噴泉。長椅。花叢。鴿子。

他們的生活簡直就像童話故事，和我相比，這些老人家彷彿才是真正活著。我說親愛的，妳是不是拋下了乏味的生活，走進那個堪比童話世界的小鎮去了？

我用力揉眼，為自己的多愁善感和瘋狂想像力感到滑稽。

此刻，卡片上的字跡如緞帶般飛舞，讓來自外地的演出邀請如同一個包裝完美的禮物。該去嗎？理智告訴我該去，這是一個工作邀約，而我的手頭正緊。

可我的情感持相反意見，被拋棄的傷痛像是難以癒合的痂，在陌生城市裡漫無目標地尋覓與妻相似的面容……就算是對我這樣多愁善感的人而言也太過悲悽了，難道我必須以摳抓結痂來測試傷口會不會流血？

思忖良久，我強迫自己拖著疲憊的赤裸身軀下床，走向流理台、扭開水龍頭，不斷將冰涼的自來水潑灑在臉頰、頭髮和鬍鬚上，直到自己渾身濕透，像雨中的流浪狗那般神智清醒。

然後我回到床邊，拉開窗子向外眺望，幸運的話，這個角度能看見滿天星斗和月亮。數不清的日子裡，銀色的月光越過窗台，灑落在臂彎中妻子的臉龐；同樣數不清的日子裡，我將窗戶緊閉。

今晚高掛天上的是新月。新月，週而復始抑或嶄新開端？

妻子的消失成為一道懸而未解的謎題，而我呢？只好窮盡後半輩子來解謎。

於是我開始在公寓裡翻箱倒櫃，最後，在一堆髒衣服下找到了我的薩克斯風。

第二章

32歲

之青離去的那一天，是再平凡不過的三百六十五分之一，卻促成了小畢生命中最慘痛的三小時。

晚上八點一刻，夕陽早掠過城市的邊緣，傍晚的濃重霧靄悄悄漫過大街小巷，當大部分男人都下班回到妻小的懷抱時，小畢還泡在酒吧裡，用迷濛視線吃力地計算桌上的花生殼兒打發時間。

這陣子，小畢決定回家與否根據的並非太陽下山或工作結束，而是取決於口袋裡銀兩的多寡。

九點整，小畢嚥下最後一口辛辣的啤酒，再三確認身上的零錢已經少得可憐，這才挺著一肚子的酒精和罪惡感自黏了好幾小時的凳子上起身，搖搖晃晃地推開酒吧的門。

「嘿，你東西忘了！」酒保喊住他。

「對唷，呵呵，難怪我覺得不只口袋空空，就連兩手也閒得發慌。」小畢咧嘴一笑，回頭提取擺在凳子邊的薩克斯風樂器盒。他傻笑著拍拍盒子，說：「差點把我最親愛的朋友阿道夫給忘了呢！」

其實他也不是故意要每天喝得醉醺醺地回家，只是，酒精有助於降低身體感官的敏銳度，而小畢真的非常需要這層堅固如盾的保護，來抵抗之青那沒日沒夜的猛烈奇襲。

之青最近情緒十分敏感易怒，小畢本以為交惡的婚姻已經讓兩人無話可說了，但嘴尖牙利的之青就是有辦法令兩人的關係每況愈下。

九點半，當小畢推開公寓大門，旋即感受到一股不尋常的氣氛。家裡一片漆黑，彷彿有什麼東西在暗影中蟄伏，他緊蹙眉頭扭開電燈開關，甫驚覺這晚迎面而來的不是妻子冰冷的目光，而是貨真價實的冷清。

「該不會又躲在客房裡批改學生作業還是生悶氣吧？」小畢自言自語，隨即一拍額頭，吃吃笑道：「唉呀，我們已經搬離結婚時的那幢房子，現在的公寓哪來的客房哪？」

小畢將阿道夫放回玄關邊的固定位置，突然間他斂起笑容，心想：不對啊，家就這麼點大，之青能躲到哪兒去？

這時小畢終於意識到公寓與平時有何不同，他滿心疑惑地搔抓亂髮，放眼望去，將自玄關便可一覽無遺的公寓來回掃視一遍。

該怎麼說呢，家裡就是……收拾得太乾淨了！

水槽裡沒有髒碗，餐桌上沒有垃圾，小畢走入浴室，發現毛巾只有一條，牙刷也只剩一支，就連臥室衣櫥裡的空間也泰半閒置。小畢不願再去計算公寓中還少了些什麼。

之青打包得十分澈底，連兩人沖洗出來放在相框內的婚紗照都帶走了，臨走前，連地板也打掃得乾乾淨淨，沒留下一絲半縷閃爍金光的紅色長髮，乾淨到彷彿之青只是一抹驟然消逝的蒼白影子。

小畢頓覺一陣涼風掃過心頭，他的心空蕩蕩的，像是沒有重量，裡頭迴盪著徐徐吹來的風聲。

晚間十點到十二點之間，他從沙發凹陷的彈簧中蹣跚起身，在衣櫃、鞋櫃、書櫃、碗櫃和壁櫥間來來回回，一遍又一遍地將家裡每扇櫥櫃的門打開，再關上，再打開，再關上。

等到漸漸地酒醒了，女主人的物品依然不翼而飛。

午夜，鐘敲了十二響，兩眼充滿血絲的小畢跌入沙發，他的生命於此刻正式分崩離析。明明坐在沙發上，卻像是陷入崩解人生的瓦礫堆中，久久癱坐不起。

第三章

「歡迎光臨月河鎮」。

褐底白字的小鎮招牌高掛於十字路口，乳白色的塗面綻放油亮光彩，新得像是半小時前剛粉刷好，我幾乎能嗅出空氣中飄散的松香水味道。

月河，和之青最喜愛的曲子一樣的名字，這不會是巧合。

我從曙光還沒露臉的清晨就出發了，轉了一班火車、一班巴士以及無數的步行之後，太陽早已越過頭頂，自西方的天際線斜斜撒落金黃色的光芒。我的影子是個好旅伴，此刻它正靠在圍牆邊上歇息，和我一起以冷靜沉著的目光打量眼前的陌生城鎮。

實在詭異。

維護用心是我對這個月河鎮的第一印象，寫信的議長似乎也是個不錯的人，他必然非常注重居民的心理健康與生活品質，才會提撥預算邀請街頭藝人進駐。在大城市裡待久了，我能夠深切體會為政者喜歡把錢花在看得到的地方，像是造橋鋪路、蓋房砌樓，對於砸錢在文化事業上相對

而言意願較低，民眾看得見成績、支持度就會提昇，政治生涯便會長長久久。因此，需要時間和空間培養的文化產業通常在發展成熟的區域中最為活躍。

另一方面，街頭音樂家的收入經常來自於受邀至各種場合表演，私人慶功派對、婚喪喜慶、商場開幕或是政府機關的大型典禮，這類活動需要財力支撐，通常會辦在經濟繁榮的市區，鮮少在鄉間舉行。

而這裡，寬闊無垠的蒼穹之下是一望無際的連綿丘陵，風聲嗚咽、青草摩挲，此等迷人景致未免完美得太不真實。

所以我才覺得詭異，月河鎮是一個人口老化的城鎮，並不符合「發展成熟」的資格。出發之前我對月河鎮一無所知，此刻更是對這位於郊區的富有小鎮感到滿腹疑竇。

我在招牌下方駐足，雙手提著簡便的旅行背袋和薩克斯風樂器盒，裡頭擺著我的全副家當。我的靴頭沾滿泥沙，身上的襯衫和牛仔褲因長途跋涉而散發汗水和草汁的氣味，眼看旅程已到盡頭，再往前幾呎，我就能走入照片中的童話世界。

與妻幾乎百分之九十九神似的紅髮女孩宛若一塊強力磁鐵，茫茫人海中，能找到素昧平生卻宛若雙生的某人是何其罕見？多年來，妻子的不告而別一直是我難以釋懷的糾結謎團，此時此刻，五花八門的可能性在我的腦海中展開一場比比誰最離譜的競賽，我的胸口劇烈起伏著，某種興奮混合緊張的複雜感受在胃裡翻騰……

要是那女孩已經離開月河鎮了，怎麼辦？

萬一女孩還在，結果竟是妻子的遠房親戚又怎麼辦？

搞不好女孩真的是逃家的妻子，只不過依靠整容改變外觀，所以年輕了十歲？

亂七八糟的瘋狂念頭嚇壞了我，我咬咬嘴唇，做了兩次長達十秒的深呼吸，讓鄉下清新的空氣淨化我的思緒。我是來調查的，不是來把自己給逼瘋的，我必須保持理性，並且掩飾我的真正目的。

沒錯，我重新複習一遍統一的官方說法，我會對外宣稱：為了呼應月河鎮議長崇高偉大的理念，身為全國數一數二的優秀薩克斯風音樂家本該當仁不讓，馬上收拾行囊動身前往，響應此公益活動！

「阿道夫，我們好好大幹一場吧！」我替自己打氣。

手中樂器盒沉甸甸的重量催促我前進，我賴以為生的好夥伴——薩克斯風「阿道夫」休息了很長一段時間，也該是重見天日的時候了。

「畢先生嗎？畢可為、畢先生？」

我將注意力挪向聲音來源，發現前方站了名年約三十出頭的女人。「我是。」

「嗨，你在月河鎮的食宿都由我負責，可以叫我路姊。」她說。

我迅速將她打量一番，多年來的街頭演出經驗讓我磨練出另外一種本領，那就是從觀察一個人的外表推敲出一個人的習性。我可以從服裝樣式猜測某人停駐時間的長短，也能夠從皮鞋質料判斷出對方打賞的小費多寡。

路姊的臉上掛著和氣卻職業的笑容，眼神銳利、嘴唇略薄，眉頭兩側的皺紋以她的年紀而言過於深刻，這顯示她要不就是脾氣暴烈，要不就是有蹙眉思考的習慣。路姊的褐髮一絲不苟地紮成髮髻，看髮量大概是及肩的長度，蓄有這種髮型的人通常個性明快俐落，而她又有種不怒而威的氣質。

再來看看她的衣著，路姊身材中等，精實的肌肉在小腿與手臂上微微鼓起，一襲與髮色相近的咖啡色打摺裙子同時兼顧了莊重與便利。她腳上踏著一雙那種護士穿了以後可以在急診室裡跑得飛快的厚底氣墊鞋，換作是我，可絕對不會想惹她生氣。

「喊我小畢就好了，很高興認識妳。」我將旅行袋甩到肩上，禮貌地朝她伸出右手。

「歡迎加入月河鎮的大家庭，生力軍對我們而言實在難能可貴。」路姊的握手強勁有力，接著她從外套口袋內掏出一張類似識別證的卡片，遞給我道：「這是你的市民卡片，請隨身攜帶，最好能夠掛在脖子上，因為隨時隨地都有可能派上用場。」

老實說，我不太擅長與人打交道，幾乎像是條遲鈍的魚，總是跟不上整體魚群的方向和速度。我自己是無所謂，畢竟我的工作是以美妙的音符和人交流，而非美好的性格，況且我是個性喜自由的音樂人，普通的四四拍節奏經常被我隨心所欲吹成自由拍。只是之青不太受得了，也為了我和她的家人格格不入叨唸過幾次，抱怨我不受教化。

不過現在情況不同了，我有求於人、有任務在身，為了能順利追蹤到之青隱匿的蹤跡，我打算對每個月河鎮居民都客客氣氣，尤其是和我的飯碗息息相關的對象——例如路姊，更是要曲意討好。於是我接過那張屬於我的市民卡片，畢恭畢敬地將帶子緩緩繞過脖頸。

「來吧，走這邊。」路姊領著我穿越高聳的石砌花崗岩拱門，踏上灰白相間的石板道路。

進入小鎮後，眼前的景象真讓我大開眼界。

「哇，沒想到圍籬之內的市容這麼整潔！」我讚嘆道。

「我們現在走在月河鎮的主要幹道『綠榕大道』上，三年前議會獲得整修支持，路面全部都翻新過了，屋況較糟的房子也都重新裝潢，還增添了不少公共設施，像是圖書館、資訊中心等等。」路姊表示。

環顧四周，路面打掃得一塵不染，午後的陽光在平整的石板上激起金屬光澤般的折射，讓綠榕大道像是一條熱烈迎賓的紅毯。每隔十公尺距離的路肩擺有鍛鐵靠背長椅供人休憩，椅背上的雕花種類繁複，有含苞的鬱金香、盛開的波斯菊與初綻的桔梗，種種考究的細節茲可證明鐵椅造價不斐。

藍天白雲之下，月河鎮就像是房地產海報那麼完美，惟海報是以編輯軟體後製而成，這裡卻是貨真價實的城鎮。現在想想，我居然理所當然地以為人口外移的山中小鎮必定充滿頹圮的歷史痕跡，真是太過孤陋寡聞。

「重整要花不少錢吧？」我好奇地問。

「確實，但月河鎮算是國內的示範城鎮，所以擁有固定的專案資金挹注。所以別擔心，議會的財政沒有赤字，您的薪餉無須煩惱。」路姊回答。

「喔。」我點頭表示理解。

其實我才沒在怕呢，我的物質慾望很低，荷包的問題向來不算是問題，我將之託付給命運。我只是對金錢來源感到好奇，這是個經濟不景氣的年代，政府老喊著沒錢，連大都市的建設資金都捉襟見肘了，山區偏鄉又怎能獲得外界的關注？原來是以特殊專案的模式進行請款哪，我頓時豁然開朗，心中的疑慮如日出後的晨霧般煙消雲散。

這時，我瞥見路燈附近停了一輛我從未見過的三輪車，而且是前後分別有各自的座位和踏板的協力車。

路姊對我說道：「小鎮不大，占地只有四公頃而已。所以議會購入了不少三輪協力車，讓居民要去比較遠的地方可以代步用。車後有菜籃可以放東西，所以有時候店員送貨也會用腳踏車來載，如果你要使用三輪車，只要用剛剛給你的市民卡片在螢幕上刷卡就可以解鎖。」

「綠能耶，真是進步，完全走在時代尖端。」我很驚訝，而且還誇張地瞪大眼睛，彰顯自己的驚訝。

「你胸前懸吊的那張市民卡片裡，已經預存了未來一個月的薪資，從現在開始你可以租用三輪協力車，也可以在商店街消費。每一位月河鎮的居民都有市民卡片，沒有現金交易以後少了很多麻煩，這是議會降低犯罪率的最新施政。」路姊薄薄的雙唇則拉成一道自豪的弧線。

「那犯罪率降低了嗎？」

「零犯罪率。」

「哇嗚。」

接著我們經過一座大型公園，「四季花園」四字以鑲金邊的白色字體書寫於路旁的木造告示牌上。湖水藍色磁磚砌成的古典花台上種植了繡球花、金盞花、玫瑰花和許多我喊不出名字的花卉，色彩繽紛的花叢在初夏時節爭奇鬥艷，這是一座好似古代貴族擁有的美麗庭園，我彷彿能看見維多利亞時代的小姐們盛裝打扮，頂著小巧的洋傘在花台間奔跑嬉戲。

在花園步道遙遠的彼端，我看見兩名女看護並肩推著輪椅上的老先生和老太太，老先生和老太太雖然不良於行，卻隔著輪椅手拉著手，還一邊散步一邊有說有笑。

「午安哪，你們這對小情人可真是如膠似漆，快要把旁人的眼睛都給閃瞎啦！」路姊揮手高喊，然後告訴我：「那是老劉和小江，推著輪椅的是他們的看護。」

看護輕拍老先生的肩，並指了指我們的方向，那對加起來超過一百歲的情侶遂回頭張望，此刻老先生故意拉起老太太的手送上深深一吻，老太太隨即羞赧地伸手遮臉，活像是初嚐戀愛滋味的小姑娘，令兩位看護也跟著笑彎了腰。

這畫面刺痛我的雙眼，曾經我也以為自己的晚年必然這樣渡過。

「這些老人家都很可愛，我相信你一定會和每個人都相處得很愉快。」路姊和他們揮手道別，繼續前進。

我乾笑兩聲，說道：「議長在信中跟我提過這裡的情況，我有信心為鎮上注入活力，讓居民們更開心。」

「啊，我代替詹議長向您道歉，他實在太忙了，所以無法親自接待。如你所見，月河鎮目前的人口約莫三百人，其中有五成是上了年紀的老人家。部分老人家已經退化得很嚴重，有些甚至喪失自理能力，我們不希望年長者認為自己已屆風燭殘年，所以需要像你這樣有才藝的人士，讓晚年生活也能過得豐富愉快。」路姊說。

「議會用心良苦，難怪月河鎮能成為示範城鎮，能來這裡工作真是太幸運了。我注意到鎮上的建築物普遍不高，視野開闊讓人的心境都跟著放鬆下來呢。」我巴結地說。

沿途我們又和十多個市民擦肩而過，路姊和每個人打招呼，也不忘向我補充說明：「剛剛經過的是四季花園，隔著綠榕大道的另一側是鎮上的活動中心，如果鎮裡舉辦卡拉ＯＫ大賽或賓果競賽，就會使用活動中心的空間。旁邊那條小路則會通到後方的健身房和游泳池，每天開放時間是早上七點到晚間八點，居民免費。」

「哇，我已經開始愛上這個地方了，妳想我能夠獲得永久居留嗎？」我問。

「你每天的演奏時數只要加總超過四個小時即可，地點任選，其餘都是你的自由時間。很棒吧？」她笑道。

「讚。我迫不及待要開始了。」我摩拳擦掌地說。我是真的迫不及待想開始我的尋人任務了。

閃著銀光的灰白石板路逕自筆直向前，接著我們又經過了鎮裡的住宅區「小田納西區」。田納西州是鄉村音樂的發源地，眼前兩層樓的房舍錯落於田字形的小徑之間，橘紅色的屋子外觀帶有美國南方的溫暖色彩，木蘭和山茱萸的藤蔓攀爬在屋前的棚架上頭，像是一部分殖民風格加上一部分農村風格以後，混和而出的宜人景致。

其中一戶的窗邊甚至保留了去年冬季的聖誕燈飾，繽紛的小燈沿著百頁窗的窗格纏繞，門上還懸掛著綁有緞帶的槲寄生，就像住了一位存在於每個家族裡的熱愛聖誕節的姑媽。才不過下午三四點，廚房便已傳出燒烤肉類的濃郁香味，定是姑媽迫不及待要下廚為家人做飯了。

經過「小田納西區」後，位於市中心的噴泉廣場便近在眼前。

「議長上班的地方到了。議會是目前世界上最流行的綠建築，以冬暖夏涼的科技建材打造，頂樓鋪滿太陽能板，總共兩百三十二塊，白天就直接使用太陽能發電。」她說。

路姊指向正對噴泉廣場、一棟貌似法院的灰色尖頂建築，前方以八根宏偉的羅馬柱撐起挑高敞廊。光是想要走到大門口便得爬上數十階樓梯，相當於我一整天的運動量，如果我想要精進自己的心肺功能，每天來回走個幾次會是很好的選擇。

「了不起！」我瞇起眼睛，抬頭仰望月河鎮的權力中心，並藉機問道：「路姊，妳根本是月河鎮的百科全書，我猜妳是土生土長的居民吧？」言下之意是，想必消息應該也頗為靈通囉？

「沒有啦，只是本鎮在全面整修的時期，我剛好擔任議長的左右手之一。」她客氣地說。

「厲害。」我稱讚。

一陣愉悅的笑聲乘風而來，竄起的微風勾動池裡漣漪，雲朵的倒影在水面上變化萬千。我倆佇立於噴泉池邊，路姊滔滔不絕地講起議會大樓破土典禮的盛況，接著又談到當初如何招募商家進駐，透過路姊的口述，一個接一個的月河鎮故事自時光的洪流中重現。

「小畢，以噴泉廣場為中心點，和綠榕大道交叉的那條大路是月河鎮商店街，有餐廳、理髮院、超市和麵包店，需要什麼就去那邊買，不過你公寓裡的生活用品已經準備好了，應該樣樣不缺。」路姊指向左側，接著又比比右邊說道：「等會兒經過廣場後右手邊的那一區是小開普敦區，顧名思義，建築風格走的是峇里島渡假風，你的房間是B棟的204號房。」

我心不在焉地邊聽邊點頭，視線則於人群裡來回掃視逡巡，尋找一抹似曾相識的紅髮。看了老半天，如日出時分般朦朧的灰髮、正午陽光般耀眼的金髮、暴風雪來襲似的白髮與漆黑夜空般髮色，就是沒有一個紅頭髮的。我的手指因提了一整天的行李而發紫，小腿肚也開始痠疼，實在不想繼續路姊的月河鎮半日巡禮了。

頃刻間，一個絕頂聰明的想法油然而生。

我放下手中重物，藉故支開路姊，道：「現在我有點技癢，想要在廣場上來個現場演奏，如果妳還有事情要處理就先去忙吧，我會自己照顧自己的。」

「不好吧，你才剛來沒多久，我都還沒帶你回公寓呢，要是迷路怎麼辦？況且，招呼你是我的責任。」她皺眉說道。

「沒關係的，沿著綠榕大道來回走，總不可能搞丟吧？我的功能就是為市民演奏薩克斯風，而我已經迫不及待要大顯身手了。讓我演奏幾首曲子，等等我就會去參觀新家。」我故作輕鬆地說。

路姊考慮了半晌，眼中仍有逗留的疑慮。「確定？那好吧，今天我陪你探索了半邊月河鎮，剩下的另外一半，就讓你自己去冒險吧。反正我們晚點還會再見，因為我們是室友。」

「室友？」這下換我傻了。

「是啊，我們B棟有四間房間，我的房間是201，小史和葛女士和我們住在一起。」她說。

「了解，長官。」我豎起兩指，向她敬禮致意。

「對了，見到葛女士時，請確保你的褲腰夠緊。」路姊提醒。

雖然不明其義，但我還是趕緊比了個ＯＫ的手勢，打發她離去。

初來乍到，我選擇演奏的第一首樂曲是肯尼吉的「The moment」，是普通人都耳熟能詳的抒情歌曲。

起先還好，人們看見一個手提黑色盒子的男人就定位，打開盒蓋，取出一把電鍍黑色的中音薩克斯風，僅是三三兩兩放慢腳步。當我的嘴唇碰上薩克斯風的吹嘴，一切就停不下來了，柔和的曲調像是一張溫暖的毯子，擁有撫慰人心的魔力。

我的薩克斯風在歌唱，它是音域寬廣的好歌手，中低音自然渾厚，高音則明亮豐滿。雖然不像肯尼吉使用的高音薩克斯風那樣帶有濃厚的鼻音，中音薩克斯風的音色更接近人聲、更溫柔感性、更有深度。

到了進入副歌的時候，「The moment」徹底發揮了它蠱惑人心的力量，商店的店員探出頭來，臉上掛著幸福的微笑；一個像是看護的女人輕輕隨著曲子搖擺身體，完全融入其中；甚至有幾個貌似失智的老人抬起頭來，迷惘的雙眼忽然一亮。

人們如癡如醉的神情讓我的腸胃一陣翻騰，那是驕傲的滋味，也是我懷念已久的滋味。想當年我為妻子演奏那時，妻子的表情也同樣沉醉其中。飄揚的音符像是蒲公英般隨處飛舞，我的思緒也跟著朝向遠方奔騰。

我實在想不透我的婚姻是怎麼走到這一步的……

唉，為什麼之青的櫻桃小嘴親吻時甜如蜂蜜，發起狠來飆罵時也能凶惡如蜂螫？我覺得自己彷彿是和高高在上的女王蜂結婚，夜裡則像抱著一個馬蜂窩在睡覺，永遠睡不安穩。

可惜自己不是一隻孜孜不倦的工蜂，無法滿足之青對婚姻責任的需索無度。我承認自己比較像是童話故事《螞蟻與螽斯》裡頭吟唱一整個夏季的螽斯，對音樂的熱情，永遠凌駕於覓食之上。

最讓我難以忍受的是，這還不是某一次激烈爭吵後的離家抗議，而是某種醞釀多時、終於付諸執行的逃亡計畫。之青計畫從這紙法定關係中抽身，究竟有多久了？

從什麼時候開始的？幾個月？幾年？那些曾經熱情如火的親吻，有幾個是心不甘情不願？有沒有可能當我們在進行親密行為時，自己身下壓著的不是摯愛的妻子，而是咬牙忍受的陌生人？

愈是這麼想，我就愈覺得難堪。我用力回想上一次自己和之青之間的對話。試圖釐清自己究竟是怎麼惹毛了妻子，搞得她非得把我從生命中抹去，就像拔除口中的爛牙？

是那次忘記買雞蛋的事情嗎？

接到之青的電話時早就經過雜貨店了。那天我站著演奏薩克斯風連續四小時，渾身酸痛不堪，一心只想著回家泡個熱水澡。結果妻子撥了通電話來，頤指氣使地命令我回家前順便買一打雞蛋。還真是順便哪，對之青來說只是動動手指按下手機號碼，對我來說可是要提著沉重的樂器盒多走上十幾分鐘的路呢。想當然耳，我故意忘了有這麼回事，之青當然也沒有等到雞蛋回家啦。

還是演出工作和岳母生日撞期的那件事？

那回還真的是個意外，在市政廣場的表演是難能可貴的機會，之青不是老說要自己爭氣點兒嗎？那場音樂會的聽眾多達上百人，說不定就會給我遇上一個知音，像是唱片音樂製作人或是古典樂團總監之類的，從此就有了翻身的機會，不再只是個街頭音樂家。問我答應演出的時候知道那天剛好是岳母的生日嗎？當然知道，但是兩利相權取其重，人生總得做出取捨。

難道是電話費帳單逾期的事情？

說起這個，我承認是自己有錯。那一陣子流感蔚為風行，整個城市有超過半數的人口都生病了，連續整整一個月，之青的班級都沒有全員到齊過。人們躲在家中不敢隨便出門，相對的音樂演出機會也變少，音樂家的職業生涯很現實，有表演就有勞務報酬，沒有表演就荷包空空。存款短缺的非常時期當然不會優先考慮清償電話費啦，這有什麼好討論的。

就連身下的沙發也差點要被賣掉呢。也許，上述三項都不是妻子離家的理由。多年婚姻中的衝突千奇百怪，經濟狀況、娘家關係以及對未來的規劃，通通都是拿來吵架的題材。吵到後來就是冷戰，持續性的冷戰則演變為在屋簷下相敬如冰的情況。

所以，導火線八成不是源於吵架。婚姻中的衝突就像在培養皿撒下的菌種，讓之青出走的想法在很久以前便萌生成形，持續不斷地餵食怒氣，讓一對夫妻終至分道揚鑣。

「The moment」，那一瞬間。

初識時電光火石的那一瞬間，爭吵時暴怒的那一瞬間，套上求婚戒時欣喜的那一瞬間，返家時驚覺人去樓空的那一瞬間。眾多個短暫的瞬間組合成漫長而煎熬的人生，但曲子吹錯了可以重來，人生中犯的錯卻永遠難以抹煞。

我閉上眼擁抱黑暗，讓視覺退居幕後，眼不見、心就不煩。音樂在空白的背景中持續演奏，我的世界只剩下純然的聽覺。

再睜開眼，當群眾模糊的輪廓逐漸清晰時，我的心跳因為一簇鮮豔的髮色而漏了半拍！是照片中的紅髮女孩！她和一名矮小的老太太並肩而立，時而聆聽樂曲，時而交換意見。女孩沐浴在陽光中的亮紅色髮絲熠熠生輝，像是無垠夜空中閃亮的星宿。她身穿柔軟的白色絲質襯衫，下半身搭配了一條翡翠綠色的長裙子，綠裙紅髮宛如湖水倒映晚霞，使她看起來更加明豔動人。

她的出現令我演奏得更加投入，我的十指如著了魔似的在按鍵上跳躍，嘴唇則像是著了火般發熱。

當最後一個音符消散在空氣中，如雷掌聲在下一刻跟著響起。

「The moment」這一瞬間，我以薩克斯風成功擄獲了全鎮居民的心，不，應該說是這首曲子征服了我們。

「吹得真好！」女孩身旁的老太太說。

「謝謝。兩位好，我是新來的街頭音樂家小畢。」我走向她們自我介紹。

「我是劉媽媽，她是小喬。」老太太說。

「嗨，小喬，很高興認識妳。」我說。

「我喜歡剛剛那首曲子。」小喬微笑，雲彩在她的眼中流轉。「你的薩克斯風很特別，很少看見黑色的。」

「它是阿道夫，我以薩克斯風的創造者替我的樂器命名，藉以向阿道夫・薩克斯先生本人致敬。」我怔怔地望著她，感到一陣頭暈目眩般的狂喜，彷彿得了高山症，但仍然強自鎮定。

她的紅髮在日光中閃耀，彷彿由陽光鎔鑄而成的金紅絲線，一如初識。

第四章

31歲

「阿道夫？阿道夫！你心裡就只有阿道夫！」之青抱怨。

「怎麼了嘛？」小畢咕噥，手上的工作仍然停不下來。

之青瞬間暴怒，張牙舞爪恍若恐怖片裡的女鬼，久未整理的一頭亂髮失去昔日的金紅色光澤。之青最近像變了個人似的，看什麼都不順眼，任何雞毛蒜皮的小事都能激怒她，現在她氣呼呼地從爐火前轉身，不停揮舞手中的杓子。

「請你幫我買幾棵胡蘿蔔，怎麼三催四請你卻動也不動？我正在炒肉片所以走不開，等會兒就要煮馬鈴薯燉胡蘿蔔了欸。」

「馬鈴薯自己跟自己煮就好啦，幹嘛要配胡蘿蔔？」

「加上蔬菜營養才會均衡，我真不知道自己幹嘛跟你報告這些細節？」

「唉唷，很麻煩耶，用現成的食材將就嘛。」

「你這人怎麼那麼懶散？不過請你跑個腿，理由就多得跟夜裡的蚊子一樣煩人！營養均衡難道是我自己一個人的事情嗎？」

「妳才奇怪呢，沒看到我在忙嗎？」

之青用力扔下杓子，直接衝到小畢面前，一隻手叉腰，另外一隻手指著丈夫的鼻子大罵：「我受夠了，你一天究竟要花多久時間保養你的薩克斯風？早也保養、晚也保養，你沒有其他正經事可以做？成天只顧著保養它，把家裡所有事情都丟給我，知不知道我每天都睡眠不足？」

「阿道夫是生財器具，經常上油照顧，才能維持最佳狀況啊。」小畢回嘴。

之青冷笑兩聲，道：「說到這個，你有多久沒拿錢回家了？」

「最近景氣不好。」

「是嗎？我看你都把錢拿去喝酒了吧？身為男人卻不養家，我真後悔沒聽我姊姊的勸。」之青咬牙切齒。

「那個瘋女人又說了什麼？」小畢寒著臉問。

「她說我跟了你肯定會吃苦。」之青說。

「妳當初嫁給我的時候，就知道我是個街頭音樂家了不是嗎？怎麼，嫌我養不起妳？早知道就該嫁給那個梁寶強，也不用跟著我吃苦了。」小畢說。

「提寶強幹嘛？哼，你還真有骨氣。」之青嘲諷道：「以前只覺得姊姊對男人的標準太嚴苛，現在發覺原來是忠言逆耳。」

「妳姊最愛嚼舌根，難怪到現在還嫁不出去。」

「你罵我姊姊幹嘛？我娘家幫了我們那麼多忙，可別忘了，青黃不接的時候，是我父母拿錢出來幫我們渡過難關，就連試管嬰兒的羅恩醫生就是姊姊介紹的，你還好意思在背後說我姊姊壞話？」之青尖銳地指出。

小畢望著面前牢騷不斷的女人，滿心厭煩地說：「我娶妳的時候，妳可不是這副潑婦罵街的模樣，那時妳溫柔得很！」

「正確極了！我結婚前個性很好的，是什麼樣充滿磨難的婚姻讓一個女人性格大變？你說這該怪誰？」之青咆哮。

「閉嘴啦！」小畢倏地起身。

他抓起鑰匙和一把零錢，甩上公寓大門後頭也不回地走了。

這是小畢初次於大吵後奪門而出，卻不是最後一次。

第五章

與小喬的初次邂逅就像是一場夢，一場由換氣過度和興奮過度交織而成的恍惚美夢。久未練習卻一下子演奏得太過賣力，結果就是呼吸不順和眩暈。而小喬站的位置剛好背光，午後的豔陽在她周圍覆上一層朦朧的光暈，我只記得自己拼命睜大眼睛，拿勇氣與傻氣來對抗火辣的陽光直到頭昏眼花，活像是與兩瓶威士忌纏綿整夜後那般宿醉，導致沒能仔細看清小喬的長相。

但成果依舊可喜可賀，我確實找到了相片中的紅髮女孩！她穿著深潭般的翠色裙子、有一頭烈火般的紅色秀髮，伸手可及、近在眼前。

我像尋寶獵人發現阿托卡夫人號沉船那樣樂不可支，如登山狂人在珠穆朗瑪峰插上旗幟那樣志得意滿。因為實在太開心了，就算要我立刻加碼吹奏渡邊貞夫的爵士樂當作安可曲，一路吹到斷氣都沒問題……

儘管內心的吶喊如此激烈，我依舊在小喬面前表現的沉穩鎮定，簡短交談之後，我努力忽略自己躁動不安的情緒，同時彬彬有禮地和她道別。這麼做是有原因的，我可沒忘記接受這份工作的初衷和此行的目的。

況且，公共場合人多嘴雜，新來的人本身就是話題人物了，要是新來的人又對某個年輕女孩表現出濃厚的興趣，輕則成為三姑六婆茶餘飯後的八卦，重則直接嚇跑女孩。這可不行，可不能讓未經規劃的貿然行動打草驚蛇。

反正這是個小鎮，只要掌握了正確的名字，打聽消息應該不會太難。難的是如何讓思緒像蜘蛛編出的細膩絲網，不著痕跡地捕獲我所需要的答案。

將阿道夫收回樂器盒以後，我踏上綠榕大道繼續前進，不久便抵達「小開普敦」街區，也就是半年合約履行期間，我的棲身之地。

小開普敦區的大小規模類似小田納西，目測前前後後約莫有十多棟相同公寓，若以每戶四人計算，大概是個五六十人的社區。路姊說過，月河鎮的住宅區有四個，分別為小田納西、小開普敦、小京都和小蘇活，所以我每碰到四個人，就有一個和小喬住在同相同社區，而且有十分之一的機率會是她的室友。光是這樣想，就覺得線索即將手到擒來，打探消息根本是輕而易舉。

庭院裡的巨型仙人掌和龍舌蘭張牙舞爪地比拼姿態，我走過院落，推開咿呀呻吟的紗門，進入小開普敦B棟公寓——這幢以厚實原木搭起、充滿熱帶風情的兩層樓建築物。

小開普敦的裝潢處處可見非洲的縮影，從屋外到屋內，一路走來就已經發現了至少五種非洲雕刻，包括廊柱上刻繪的麵包樹和頭頂水罐的婦人、門板上的大象和羚羊浮雕以及窗櫺周圍活靈活現的猴子雕刻，整個街區儘是巧思，粗獷中藏著細節。

這個路姊可能有讀心術之類的本領，她還真的看穿我了，小開普敦特有的藝術風格獨樹一幟，深得我心。我可以想像自己站在足足有一人身長、顴骨高聳嘴唇豐厚的巨型臉部木雕旁，一邊忘情搖擺一邊演奏靈魂音樂，讓薩克斯風與臉部雕塑進行一場對話，卻無須語言。

公寓裡似乎空無一人，寂靜像是一條鳥籠遮布，我只聽見自己遲疑的腳步和天花板上微微發出聲響的吊扇。我緩緩闔上紗門，步履遲疑地經過玄關。

「唷，新面孔！」

一隻手猛烈地拍上我的臀部，嚇得我差點尿褲子。

我霍地回頭，發現橘色和咖啡色交織的掛毯前方，站著一位穿著相同色系的老太太。老太太的身材瘦削，身上套了件民俗風格的寬鬆洋裝，她光是不動聲色地站在原地，就可以像變色龍一樣完全地融入背後的花樣裡。只消趁人不注意時向前邁出一步，便足以將任何成年男子嚇破膽。我合理懷疑她是故意整我。

「見到美女大吃一驚？」精神奕奕的老太太以獅子逮到兔子般的喜悅神情衝著我笑。

「呃，妳好？」我轉身倒退，拉開安全距離。

「你一定就是小畢吧？我期待新室友已經很久啦，你叫我葛女士就可以了。」老太太賣弄風騷地眨眨眼睛。

我呆呆地看著葛女士，這位老太太起碼有八十歲了，歲月清楚地刻劃在她的皮膚上，就像一顆風乾過了頭的梅子。但是她顯然還保有赤子之心，她的香水有種像盛夏的大理花般艷麗的氣味，時髦的金邊老花眼鏡則架在俐落的銀色短髮上，當她咯咯發笑時，誇張的金色大耳環便招搖過市地拼命拉扯耳垂。

我下意識瞥了她美容過的指甲一眼，剛剛就是那雙雞爪般的手吃我豆腐的嗎？路姊是不是說過什麼要小心防範某人之類的話？噢，天哪。

「哈哈哈，我都是這麼和帥哥打招呼的。」葛女士得意洋洋地撥撥頭髮，銀髮如聖誕燈飾般閃閃發光，話說她慶祝過的聖誕節應該比誰都多吧。

「我也很高興認識妳，葛女士，妳的活力充沛令我刮目相看。」我嚥了嚥口水。

「我喜歡和帥哥多多交流，今天整個上午我都在玩拼字遊戲打發時間，快要無聊死了。」葛女士指向茶几，桌面擱著一份報紙和一支筆。「年紀大了嘛，動動腦袋可以促進活化，才不會變白痴。當然，偶爾看看黃色小說也有幫助。」

「呃？」我頓時語塞，只得別開臉，假裝認真瀏覽交誼廳中的擺設。

公寓走的是大地色系，而且將非洲元素融合得十分徹底，從地板到天花板上的樑柱、小至擺設大到家具，全數使用飄散芬芳氣味的原木材質。室內環境開闊，三張寬敞的木頭沙發在粗獷的茶几周圍各據一方，剩下的空間還足以容納幾組邦加鼓並開個派對跳舞。

「小開普敦真是漂亮，我喜歡這些動物形狀的木雕。聽說這裡幾年前有重新整修過，那時候妳就住在這邊了嗎？妳應該認識這裡大部分的居民吧？」我轉念想想，葛女士的活潑個性代表她交遊廣闊，值得打好關係。

「當然，如果月河鎮辦報紙，報社社長非我莫屬。」葛女士坐進沙發，舒適地往後靠向椅墊。

我故作苦惱，向她討饒道：「唉，我人生地不熟的，又不太擅長和人套關係，如果妳能好心透露點兒情報，幫助我快速融入鎮上生活的話，那就太感謝了！」

「這個簡單！跟你說啊，游泳池每星期三的駐場教練是個美男子，所以週三去游泳的人最多，上次有個住小蘇活區的太太還佯裝溺水呢！如果你想避開人潮，不要禮拜三去泳池就對了。還有啊，我們這兒商店街的餐廳都很不錯，不過大家都知道最棒的廚子是武藏餐廳的老闆娘，老闆的廚藝可是她親手訓練的。你還想知道哪方面的事情呢？」葛女士問。

我暗自竊笑，她對我的乞求照單全收。「像是社區裡的居民啦，或者人際互動的潛規則之類的。」

「沒問題，我連武藏餐廳老闆的禿頭上剩下幾根毛髮都一清二楚，這個鎮上沒有祕密逃得過我的眼睛。我聽說上個星期，小京都區裡有個怪胎把雞蛋藏在房間裡，後來是看護聞到臭味，才從床下拖出整籃雞蛋呢！真不知道那傢伙想要幹嘛？復活節還遠得很哩。」葛女士忽然瞇起雙眼，接著露出賊笑，道：「喔，我曉得啦，你想打聽月河鎮的祕辛、八卦和醜聞。小畢啊小畢，你該不會是什麼三流小報派來的狗仔記者或政府的稽核官員吧？」

「當然不是，我是音樂家。」我嚴詞否認。

「不承認沒關係，我喜歡保有神祕感的男人。」她大笑，假牙喀啦作響。「和我約會，我就告訴你這裡所有的祕密。」

我乾笑兩聲，掩飾自己的尷尬。「我想我還是先回房間放行李好了，樓梯在哪兒？後面往廚房的方向嗎？」

「樓梯？別折騰老骨頭啦，一樓的盥洗室旁邊有電梯。」葛女士擺擺手。

「好，謝謝。」我說。

我帶著逃過一劫的心情溜出交誼廳，在前往餐廳的轉角發現盥洗室，並順利找到貼有木紋壁紙的電梯。

室內設計師必然費煞苦心，仿木質的電梯門比實木牆壁淺上一個色階，讓科技化的產品既能保留存在感，又毫無違和。只不過，接下來我便遇到了新的挑戰，無論我怎麼努力地在淡褐色的門框附近尋找電梯按鈕，就是遍尋不著。

正打算回頭問問葛女士，突然「叮」的一聲，電梯門自動開啟。

我退卻一步，裡頭是名年約四十上下的男子，他的高度與我相當，但身材乾瘦、雙肩狹窄，穿著一套過時的便宜西裝，還繫有一個歪斜的紅色領結。那頭黑色短髮亂得像是剛睡醒，眼睛也是陰影般的黑色，方正臉孔的正中央，有道像是被痛揍過一頓而扭曲的鼻樑。這個人有種荒謬詭異的喜感，就像提姆波頓電影裡的人物。

電梯裡的男子搔搔頭，率先開口道：「不好意思，嚇著你了嗎？」

「我只是在找電梯按鈕。」我說。

「電梯按鈕？月河鎮沒那玩意兒。這裡的電梯採用的是自動感應系統，你只要站在電梯門前超過五秒，電梯就會來接你啦。」他走出電梯。

「厲害欸。」我客氣地表示。「你好，我是小畢，新搬來204房的住戶。」

「我是史文明，叫我小史吧。」他瞄了我手上的樂器盒一眼，倏地興奮起來。「他們沒跟我說新來的是音樂家耶，我是魔術師，你這裡頭裝的是什麼？手風琴？小喇叭？」

「中音薩克斯風。」我說。

「酷。」他同時舉起雙手的大拇指。「我們搞不好可以一起表演，你吹薩克斯風的時候，我就繞著你一邊騎單輪車一邊表演拋接火把，肯定很有看頭！」

「少鬼扯了！」幾呎之外的葛女士扯開嗓子大喊：「小畢，等那個半調子的假魔術師手上的火球飛到你頭上，你漂亮的小捲毛就通通沒啦！小史，快過來把你幫傭的份內工作做好，我的腳趾需要按摩了。別成天想著從內衣裡變出兔子的可笑把戲。」

「你是葛女士的傭人？」我問他。

「才不是。」小史翻了個白眼，道：「我是月河鎮最厲害、也是唯一的一個魔術師。葛女士老是仗著自己資深，就把晚來的菜鳥呼來喚去的，我只不過尊重她一把年紀了，離天堂只剩下幾步路，想說對她禮貌一點，等她到了那邊也能替我佔個像月河鎮一樣的好位置。」

「小史是我的傭人！」葛女士高聲抗議，理直氣壯地說道：「黃色小說的字太小，我都叫他唸給我聽。」

小史瞬間漲紅了臉，有如熟透的番茄。

我半開玩笑地對小史說：「真好心。小史，看來你得在變態室友和男傭之間選一個了。」繼而朝交誼廳的方向高喊，「葛女士，謝謝妳的說明，我先進房間整理囉。」

「別客氣，晚上如果睡不著的話，歡迎到我房裡打橋牌唷！」老太太曖昧回應。

室內電梯以龜速緩慢攀上二樓，樓上的坪數和樓下相當，空間規劃則完全迥異。二樓共有四間臥室，門牌分別是２０１到２０４號，臥房之間隔著小型的起居室，盥洗室則同樣在電梯口旁。

204號房沒有上鎖，門一推就開了，進房後我試了試，發現房門上的喇叭鎖根本不能使用。起先我還有點沾沾自喜，以為自己意外挖出了示範城鎮裡的重大瑕疵，後來冷靜地想了想，又覺得搞不好真是路姊關於零犯罪率的宣稱屬實。

我的房間大小適中，家具簡單實用，有一套書桌椅、一個衣櫃和一張單人床，想當然耳全部以原木製成。房內沒有衛浴設備，這表示必須和室友們共用一樓和二樓的兩間浴室，衛生習慣我是不擔心，只希望路姊不會窩在廁所裡整理頭髮、葛女士沒有一邊泡澡一邊塗指甲油的習慣才好，否則要嘛就是耗上半天排隊，要嘛就是得有門被敲壞的心理準備。

阿道夫安安靜靜地躺在書桌上，原本在旅行袋中的兩件襯衫、兩條褲子和三套內衣褲也被收進衣櫃裡，一切安然就緒。

我脫掉鞋子，放任自己躺在床上發呆，奔走一天後的僵硬脊椎和酸麻腳底終於得以解脫。這張床軟硬適中，床單和被套都是印有非洲動物的草綠色花布，對於放鬆心情相當有助益。

身心的疲憊悄悄退下，在充分的休息之後，我也對房間有了實實在在的歸屬感。我想，從今以後的每晚，我應該都能安穩入睡、做個與大象一塊兒在非洲草原上奔跑的美夢吧⋯⋯

嗯，如果我用椅子抵著門，預防葛女士硬闖進來找我打橋牌的話啦。

這天晚上，為了慶祝我的加入，路姊親自下廚燉了一鍋紅酒燴牛肉，還開了瓶果香味馥郁的佐餐酒。牛肉入口即化，蔬菜軟而不爛，與口感微酸的美酒相得益彰。這是一個好的開始，我找到了紅髮女孩，並且知道了她的名字；我搬進了舒適的公寓，還受到三位室友的友善歡迎；我覺得自己乾涸萎縮的心靈再度注滿力量，前景無限看好。

路姊說，共同開伙是小開普敦B棟公寓的規矩，路姊、葛女士、小史和我每週一人輪值一天，剩下的三天則自由行動、自主管理。

雖然我直接表明自己不懂廚房裡的事，路姊卻大方地說她可以幫我，小史則強調重點在於動手做的樂趣、口味只是其次。

至於葛女士，她說只要能看到我穿圍裙就心滿意足了。

路姊十分健談，葛女士和小史則酷愛鬥嘴，我們四人在餐桌上吃吃喝喝，一直聊到酒瓶見底、夜已深沉才熄燈就寢。

隔天早晨同樣是路姊下廚，但我沒有多費心神品嚐早餐，而且也吃不下多少食物，因為我滿腹思量。

關於如何接近小喬，我已經擬好初步的計畫。

這是個晴空萬里的好日子，晨間的熱咖啡下肚後，表演慾和舞台魅力這兩個老朋友便興沖沖地來訪，我的演奏呈現顛峰狀態。噴泉廣場上的人們如沙漠中的駱駝商隊，他們帶著渴求前來，準備在綠洲暢飲美妙的音樂。

小喬非常捧場，在第一首曲子的第一個小節就出現了。

我在選曲上下了點功夫，有鑑於在場聽眾多為上了年紀的老人家，為符合大眾品味，我特別挑選經典老歌作為本日演奏曲目，像是「Yesterday once more」和「Everything I Do」，這種幾十年前很流行的曲子。

老歌的魅力迅速在廣場上蔓延而開，駝背的老先生和老太太們紛紛打直了身子，其中有個戴帽子的老頭兒用皮鞋跟著打拍子，還有幾位原先看起來糊里糊塗的，現在突然變得耳聰目明，連歌詞都想起來了，還能不間斷地哼上好長一段。

幾步之遙的長凳上，我見到了前一天在小田納西區巧遇的那對老夫妻，兩人手牽著手、頭靠著頭，宛若一對依偎著對方的鴛鴦。老先生不時憐愛地摸摸妻子的頭，讓人好生羨慕。

今天我不飆歌、不炫技，只供應未經過度裝飾的純粹音符。有時候，經典反而最經得起考驗，就像炒蛋、煎蛋和歐姆蛋吃久了，水波蛋的原始滋味反而最令人吮指回味。

半小時後進入中場休息時間，趁著小喬還沒起身離開，我走向她，想找話題與她攀談。

「老歌簡直像仙丹妙藥，妳說是吧？」我道。

「黑膠唱片的年代剛好也是這裡居民最活躍的年代，自然能產生共鳴。」小喬點頭。

「我看許多人大受刺激，返老還童回到青春期了呢！」我咧嘴一笑。

「是啊，多虧你的音樂，老劉可以把他的麝香香水扔了。」小喬忍俊不住。

「這倒是始料未及的收穫。」我向她投以無辜眼神，接著問道：「對了，中午我想犒賞自己一頓，妳覺得鎮上哪家餐廳好？」

小喬輕咬嘴唇，想了想後說道：「其實商店街上的幾家餐廳都不錯，我個人是最推薦艾莉絲的小餐館，沙拉好吃、肉類也料理得很棒，他們用的是老闆奶奶的家傳食譜。」

「我們應該一起去。」我提議。

見小喬一怔，我立刻氣定神閒地說道：「萬一妳存心整我，把我騙去一家難吃的要命的餐廳怎麼辦？所以妳應該跟我一塊兒去，若是食物真的難以下嚥，就只好罰妳把我的餐點一併解決掉。」

「怎麼可能？誰會那麼無聊？」她啼笑皆非地說。

「我想妳大概不認識我的室友葛女士。」我擠眉弄眼地說。

「噢，我知道她。」小喬對我會心一笑，靦腆地說：「那你上午的表演什麼時候結束？我等你。」

我按捺下胃裡竄流的狂喜，冷靜而客套地說：「別讓我耽誤妳的工作，妳什麼時候下班？我去接妳好了。」

「不用，我的工作時間很自由。」小喬答。

「那我再演奏個幾首，今天的工作就告一段落了，我們可以去試試那家叫什麼來著的餐廳。」我說。

「艾莉絲。」小喬允諾。

結果，葛女士老太太竟意外促成了我們的初次約會。

小喬推薦的餐廳是綠榕大道轉入商店街後的第一家店，店名是「艾莉絲小餐館」。餐廳外的遮雨棚是藍白相間的條紋，下方的花棚種滿紫色和粉紅色的小花，相當溫馨可愛。

從大片落地窗向內望去，可以看見室內以碎花壁紙佈置，白色圓形餐桌和鵝黃色的沙發座位現在大約七分滿，每桌桌上都擺有一盆迷你多肉植物，一想到能在這麼閒適的環境用餐，還沒走到門口我就胃口大開。

室外和室內都有座位，考量到夏日的陽光雖然燦爛，來自山中森林的風勢卻毫不停歇，而戶外陽傘遮得住紫外線，卻擋不住調皮搗蛋的氣流。為了避免小喬的及膝洋裝被風給掀翻了，我們選擇坐在室內，並挑了個靠窗的位置。

之青也喜歡穿洋裝。窗邊明亮的光線提供了相當有利的情勢，我邊閱讀菜單邊偷偷觀察小喬，將之與記憶中的之青相互比對。

小喬有張蛋形臉和深邃慧黠的圓眼，眼眸是閃爍金棕光芒的墨色，宛若黑夜裡的銀河。她的鼻子和嘴唇長得很秀氣，骨架勻稱且偏窄，看起來就是少女的體型。

仔細打量過後，我可以清楚分辨小喬和之青在外型上的差異，之青個子比較矮、膚色更為蒼白，身材則因歲月的蝕刻而略微走樣。還有，之青的眼球是深褐色的，不是黑色。雖然兩人五官神似，又都有一頭柔順的紅髮，但眼珠顏色不同、身材上的差異也頗大。

就連說話的語氣和聲音也不一樣，之青是個幼稚園老師，她的語調活潑洪亮，聲音表情豐富，像是一把抑揚頓挫的小提琴；而小喬講起話來輕輕柔柔，比較像是一柄帶有氣音的長笛。

此外，愛乾淨的之青聞起來有種薄荷的清香氣味，小喬身上則散發一股奶油般的甜味。

小喬會是之青嗎？

不可能，我目測小喬比之青年輕至少十歲，除非上帝伸手逆轉時光。

話說回來，在這個科技發達的年代，運用一點新奇玩意兒來改變外型並非難事。戴上角膜變色鏡片，瞳孔的顏色就不一樣了，很多想要嘗鮮的年輕女孩兒都這麼做。在醫學美容中心動動整容手術，拉皮回春、抽脂瘦身的人更是不在話下。我就親眼見過一位駐足聆聽表演的女人，身上鬆垮的贅肉顯示她應當是做奶奶的人了，臉皮卻有如高中生那麼緊緻。

問題是，之青想變成小喬，需要的不只要拉皮瘦身，還得進行那種把腿骨鋸斷後加入鋼釘的增高手術才行。再說，如果小喬是整形後的之青，見了我怎麼可能完全沒有任何情緒反應？

我以為自己即將解開謎團了，沒想到愈是深入思考，線索就愈像互相交纏的糾結毛線，怎麼也尋不著線頭。

不過可以肯定的是，小喬與之青必定有某種程度的關聯，否則地球上互不相識的兩人，怎麼可能百分之九十九的激似對方？總之，無論是遠房親戚或流落在外的私生子，只要耐心追查，必定會發掘真相。

說不定，我還能把之青找回來。

「抱歉，請問兩位決定好了嗎？」服務生打斷了我的思緒。

「艾莉絲的熱壓三明治絕對不容錯過。」小喬好意提醒。

「那就來一份龍蝦三明治吧。」我闔上菜單。

「馬鈴薯沙拉，謝謝。」小喬說。

服務生離開以後，我問小喬：「妳說三明治最受歡迎，怎麼自己卻點了沙拉？」

「我吃素。」她回答。

「只吃草哇，為什麼？」我問。

「我對甲殼類的海鮮過敏，又有很多東西不太敢吃，所以點素食最保險了，不用擔心吃到會怕的食物。」小喬說。

不錯，吃是一個拉近雙方距離的好話題。

「太可惜了，這樣人生少了許多樂趣呢。妳是哪裡人？家鄉八成不靠海吧？」我開始旁敲側擊，試著從她口中套出與之青相關的蛛絲馬跡。

「我在都市裡出生。」她說。

「我也是欸，不過我什麼都吃，異國料理、山產海味啊，我不太忌口的。」我說。

「你的工作經常需要到不同的地方演出，應該嘗試過不少特別的食物吧？」她問。

「從前出國的時候品嚐了鑲豬胃和牛尾湯，有一些地區的習俗是為了不浪費，會將動物內臟製作成特殊料理，雖然聽起來有點嚇人，其實口感和味道都相當好喔。例如鑲豬胃，就是把切得細細的腸子和骨邊肉混合蔬菜一起塞進豬胃裡頭，有點像是感恩節火雞那樣，之後再以錫箔紙包好放進烤箱裡，一小時後香噴噴的什錦豬胃就出爐啦。牛尾湯則是將整截牛尾切段，加入胡蘿蔔、芹菜、馬鈴薯等蔬菜，以小火慢燉，起鍋前再加上一把芫荽，風味非常濃郁，而且富含膠質喔。」我眉飛色舞地形容。

「噁。」小喬吐舌，表情卻像是聽得津津有味。

「可惜妳吃素所以沒辦法嘗試，如果有機會，我強烈建議妳試試秋葵。那是一種大約手指頭大小，吃起來黏黏的像鼻涕的蔬菜。」我說。

服務生送來餐點，我的三明治和小喬的沙拉。我不動聲色，抓起龍蝦三明治大嚼特嚼，視線卻掠過面前的食物、注意著她的一舉一動，將所有不經意的表情與動作細節盡收眼底。

日光灑落窗櫺，照映出空氣中的塵霧，小喬的金紅髮絲恍若童話故事中農家女以稻草紡織而成的金線，她的秀髮如此與眾不同，是稻草與金線的天壤之別，為了她，我甘願成為那惡霸般的貪婪國王。

小喬伸出左手，優雅地拿起叉子——她是左撇子。之青也是左撇子，我感到一陣竊喜。

我的三明治麵包外酥內軟，龍蝦的肉質彈牙，上頭淋滿精心熬煮的醬汁。我喃喃稱讚食物，接著又和小喬聊了許多跟吃有關的見聞。

小喬說自己童年時有次吃到不新鮮的螃蟹，瞬間全身佈滿奇癢難耐的紅色丘疹，嚇得她母親帶著她飛車衝到醫院急診，還在病床邊自責流淚。後來醫生說她患上的是急性蕁麻疹，知道有了過敏的毛病，母親便不再讓她碰海鮮了，成年以後為了方便，乾脆改成吃素，所以身材也保持的很好。

「現在有一種豆腐做的漢堡排，聽說吃起來味道和肉一模一樣。」我說。

小喬翻動沙拉，感興趣地問：「你說了一口好菜，那會下廚嗎？」

「不會。我太太是個好廚師，所以我根本沒有機會自己下廚，可惜她已經不在我身邊了。」

我聳聳肩，以眼尾餘光偷瞄她。

「我懂，我母親在世時就是個不可多得的好廚子。」小喬垂下睫毛，落寞而緩慢地嚥下菜葉。她的哀傷是貨真價實的心碎。

「除了母親，妳家裡還有些什麼人嗎？」我問。

她抬頭凝視著我，彷彿在猶豫該不該交淺言深。過了一會兒才若有所思地說：「父親還健在，不過我們沒有住在一起。」

「所以妳一個人住？有兄弟姊妹嗎？」我試著讓氣氛活潑一點，於是繼續追問：「像妳這麼漂亮的女孩兒，應該有男朋友吧？還是已經結婚了？」

小喬苦笑，啜了口紅茶後說道：「我是獨生女，現在還單身呢。」

「是目前沒男朋友？還是今天沒男朋友？」我打趣道。

兩朵紅暈自她的雙頰浮起，小喬面露赧色，沒有回答。

「父親不會催婚嗎？」我問。

我拋出的問題像是燙到了她似的，只見小喬縮成一團，訥訥回道：「不盡然。」

我想我八成問到敏感議題了，以致她的回答趨向簡短和避重就輕。

「我也是獨生子，我能體會那種成長過程中缺少玩伴的孤獨。加上父母早逝的關係，所以我總是自己一個人的時間居多。」我瞇起眼睛遙望窗外，擠出微笑。「不過我自個兒還挺享受獨處的自由，所以很能適應樂師的生活，身為街頭音樂家，哪裡有案子接就往哪裡去，就算表演時和熟識的同行合作，工作一結束大家也就分道揚鑣，嚴格說起來，也是獨來獨往得多。」

她默不作聲。

「對了，妳知道我是樂師，我還不知道妳是做什麼的？」我問。

小喬強打起精神，指向窗外的街尾說道：「我是蛋糕師傅，在商店街上的烘焙坊『舌尖上的芭蕾』工作。」

「好厲害，蛋糕師傅需要高度的耐心和細心耶，那些拉花什麼的我最不會了。」我大聲誇讚。

「是擠花啦，拉花是用在咖啡上吧。」小喬微笑，雙肩鬆弛下來。「小時候常看我母親在廚房裡忙，耳濡目染之下也就對廚藝產生興趣。」

「光聽店名『舌尖上的芭蕾』就覺得美味無窮，讓人忍不住想光顧。」我替自己製造新的機會。「真希望有機會能品嚐妳的蛋糕，如果可以親眼目睹妳做蛋糕的英姿，那就更棒了。」

「你喜歡甜食？」小喬疑惑地問。

「大部分男人的確不喜歡甜食，我算是例外。」我昧著良心說。

「老奶奶檸檬蛋糕是店裡的招牌，歡迎你來嚐嚐。」她微笑。

「檸檬蛋糕是招牌？難道不會酸掉月河鎮老奶奶們的假牙嗎？」我扮了個鬼臉，隨口問道：「說到這個，月河鎮的人口老化真的很嚴重呢，隨著時間流逝，這樣居民不會愈來愈少嗎？」

「不會啊，議會的執政頗有口碑，所以陸續都有新住戶搬進來，整體而言，鎮上的總人口數是穩定的。」她以手指梳理長髮，燦紅柔順的髮絲勾起我無限懷念。

小喬皺眉，一縷秀髮與她脖子上的項鍊卡在一塊兒，宛若相互交纏、難分難捨的戀人。她歪著頭撥開披肩長髮，銀色的鍊子和雪白的頸項頓時映入眼簾，接著她從領口拉出鍊墜，動作小心翼翼，試著解開髮絲和銀鍊之間的死結。

鑲滿碎鑽的鍊墜跟著搖搖晃晃，那抹銀色殘影像是劃過天際的彗星，令我倏地心頭一震。那是一個草寫的字母「J」，是之青的J，也是之青娘家姓氏「季」的J。

警鐘自我腦海響起，隨著我緊盯鍊墜的時間愈長，鐘響就敲得愈激動。

「看我多糊塗哪，小喬，吃了一頓飯，還不曉得妳姓什麼呢？」我問。

「我的名字是穆思喬。」她連忙將項鍊塞回衣內，迴避我的視線。

「怪了，妳的項鍊是字母J呢，和妳的姓名一點關係也沒有。」我的疑慮自動脫口而出。

她焦慮地沉下臉，不願多做解釋。

「哈，該不會是初戀情人的名字吧？」我故作輕鬆狀。

「只是別人給的禮物。」她神色慌張地自座位上起身，道：「差點忘了我還有事要忙，得先走了。」

接著，小喬就匆匆結束了我們的午餐約會。不對勁。

傍晚，當我回到小開普敦B棟公寓時，廚房已經飄出飯菜的香味，今天輪到小史掌廚。

「今天下午的表演不錯喲，我有去聽。」路姊滿手餐具，正在佈置餐桌。她穿了一套卡其色的褲裝，頭髮同樣綁成髮髻，看起來精明幹練。

「喔？我怎麼沒看到妳？」我狐疑道。

「大概是被人群擋住了吧。你演奏的第二首曲子是什麼？很好聽。」路姊問。

「是自己串接改編的組曲。」我胡謅道。

其實整個下午我一直惦記著項鍊的事，所以只是機械性地吹出曲子，壓根沒注意有誰來聽、自己吹了什麼。為了避免再討論下去謊言會被識破，我趕緊改變話題，問道：「好香哪，今天吃什麼？」

「青椒牛肉炒飯，本人的拿手菜。」小史快活地竄出廚房，邊將身上的圍裙卸下後擱在櫃子上。「其實是今天中午剩下的，我們昨天不是說好今天中午要開伙煮飯嗎？你怎麼沒回來？」

「對不起，我忘了。」我說。

「真沒口福啊你，那你中午吃什麼？」小史問。

「和朋友共進午餐。讓我先把樂器盒放下來。」我走回交誼廳放下樂器，想要藉機擺脫小史。

沒想到小史眼睛一亮，像是嗅到腐肉的禿鷹般緊跟在後。他興致勃勃地問：「朋友？誰啊？」

「你不認識啦。」我敷衍道。

「我是街頭藝人耶，月河鎮的居民就算不熟識、起碼也見過幾次，你幹嘛神祕兮兮的，到底是誰嘛？」小史決定打破砂鍋問到底。

我怕他繼續嚷嚷，到時候弄得人盡皆知，只好回答道：「是小喬啦，不過我們只是普通朋友。」

「喔。」他閉上嘴巴。

我不明就裡地回頭看他，這傢伙的反應未免太難預料，先是像甩不開的水蛭一樣緊黏不放，等我拗不過他且真的回答了，卻馬上興趣缺缺地轉身離開，比我把街上帶回去的女人轟出家門的速度還要快。

長年在外討生活的敏銳直覺告訴我，小史的反應很不對勁。難道是小喬的人緣不好？還是他們倆有什麼過節？

「小喬和我去了艾莉絲的小餐館，三明治很不錯。」我故意將話題延伸下去。

「是很棒，老闆是個好廚子。」小史心不在焉地說。

「小喬也挺好相處的。」

「是啊，人滿客氣的。」

「你覺得她怎麼樣？漂亮？溫柔？你應該也還沒成家吧，有沒有考慮過追求小喬？」

「還真的沒想過。」

「為什麼？她哪裡讓你不滿意嗎？這個小鎮上的年輕女孩屈指可數，她算是很不錯的吧？」

「不是小喬不好，只是她比較給人距離感。」

「怎麼會？我覺得她滿親切的啊。」我訝異地說。

「沒什麼，只是個人觀感而已，也許我和她就是合不來。」小史聳肩。

我還想繼續追問，這時公寓大門卻突然開啟，一陣刺耳的叫聲破門而入。

頭戴花俏草帽的葛女士牽了隻白色長毛吉娃娃步入公寓，吉娃娃的身材只有泰迪熊那麼小，脾氣卻跟森林之王一樣大。牠秀出尖銳的小牙齒，先是對小史和我齜牙咧嘴，然後再度扯開喉嚨狂吠。

「哈囉，小鮮肉，快來看看我的新寵物。」葛女士對我揮手。

「小鮮肉？我比小畢年輕很多耶！」小史忿忿不平地說。

「抱歉，你不是我的菜。」葛女士笑嘻嘻地回他。

「葛女士，妳去寵物店了？」路姊加入我們。

「是啊，看看這個小東西是不是很可愛？我決定給牠取名為烏克麗麗。」葛女士對我媚笑道：「親愛的小畢，我想我們的共通點又多了一個，你有薩克斯風，我有烏克麗麗。」

「嗯，我覺得烏克麗麗不是很喜歡我。」我緊張地提起地板上的樂器盒，怕吉娃娃在阿道夫上小便。

「別擔心，牠一定會和大家相處融洽的。」葛女士信心十足地說。

話剛說完，吉娃娃烏克麗麗便像著魔似的衝上來，白色長毛向後飛起，牠咬住小史的鞋子不放，小史嚇得一邊尖叫一邊後退拖著牠跑，像是踩著一塊抹布在擦地。

路姊和葛女士見狀忍不住哈哈大笑，小史則是完全笑不出來。

「拜託，小史，那只是一隻迷你的小狗狗。」路姊說。

「什麼小狗狗？根本是小惡魔！牠想把我最好的一雙鞋子吃掉！」小史大罵。

「乖狗狗，我們別理他，你才不喜歡吃鞋子呢，對不對？我們看看今天吃什麼好料？」葛女士拉緊牽繩。

吉娃娃決定放過小史的皮鞋，牠小跑步回到葛女士腳邊，卻在下一秒抬起腿來，對著交誼廳的沙發椅腳尿尿。

我將阿道夫的盒子抬到高過頭頂，慶幸自己有先見之明。

「葛女士，這隻狗會亂咬東西，還會隨地尿尿，妳必須馬上把牠拿回店裡退掉！」小史嫌惡地說。

「才不要，我至少要保留烏克麗麗一個禮拜。」葛女士握緊雙拳，惡狠狠地回瞪小史。

「退掉。」他高喊。

「不退。」她堅持。

兩人僵持不下，最後是路姊出來打圓場。「這個時候寵物店也休息了，我看還是明天再把狗拿去還吧，葛女士，妳可以擁有烏克麗麗一個晚上，不過妳得把牠關在自己的房間裡頭，好嗎？」

最後，老太太和魔術師勉強同意這個結果。

「好啦，我明天就去歸還烏克麗麗，不過如果寵物店問我為什麼在租期結束前提早歸還，我就說是你們的問題！」葛女士嘀咕。

「租期？這隻吉娃娃是用租的？」我問。

「是啊，商店街的那家寵物店裡，貓啊狗啊的，想租什麼都可以。」路姊鬆了口氣，道：「現在我們可以吃飯了吧？」

我們在烏克麗麗尖銳的叫罵聲和啃咬牽繩發出的悶哼聲中吃完晚餐，青椒牛肉炒飯很美味，可惜我的重重心事一直來拉扯我，讓我不斷分心，飯也少了幾分滋味。

夜裡，我躺在床上翻來覆去，我愈想，愈覺得J字母項鍊看起來十分眼熟，只是想不起來曾在哪裡見過。會是之青的首飾嗎？還是之青娘家有人戴過？

另外，小史對小喬的評價令我耿耿於懷。說來奇怪，小喬雖然不是個活潑話多的女孩，但也不至於冷漠到讓人有距離感吧？

我不禁納悶，我們認識的小喬真的是同一個人嗎？

第六章

30歲

一條線，只有一條線。之青痛哭失聲。

儘管如此盡心盡力，驗孕棒卻再次讓她失望，調養身體、算排卵期和監測體溫，她按照當護士的姊姊傳授的方法，以鋼鐵般的意志力確實執行，可是半年來得到的只有六根結果為陰性的驗孕棒。

與自己年齡相當的朋友們早就當母親了，她大方參加每一場新生兒派對，獻上誠摯的祝福並共享友人初為人母的喜悅，那些以粉紅色和粉藍色美術紙包裝的禮物是支撐她的力量，她總是偷偷幻想，某天就會輪到自己坐神采奕奕地在沙發正中央，拆開一件又一件別人贈送的育兒物品，屆時她一定要盛大慶祝。

隨著時光飛逝，之青想像中的派對規模也愈來愈微小，去年她還打算挪動公寓裡的家具，讓起居室的空間擴大，弄出一塊大夥兒可以同樂的場地。到了今年，她只打算邀請比較熟稔的至親

好友，反正只是簡單的派對，家具也不用移動了。

問題是，那一天似乎遙不可及。

「我姊認識婦產科醫生，要不，我們一起去醫院做個檢查？」之青某天悶悶不樂地問小畢。

「如果妳想去的話，我可以陪妳去。」小畢避重就輕地回答。

「我的意思是，既然要去，就你和我，兩個人都做做看檢查，好不好呢？」之青問。

「我不想做。」小畢說。

「為什麼不？」之青頓覺胸口悶痛。

「我沒辦法在醫院的廁所裡面……那個……妳知道的。」小畢皺眉。

之青連珠炮似地飛快辯解：「取出精子嗎？你不用待在廁所裡面，我姊說那會是一間舒適的小房間，裡面放了一些養眼雜誌，完全不受外界影響。如果你覺得很彆扭，也可以在家裡先取出，然後趕快送過去。」

「絕不。」小畢鐵青著臉說。

之青的怒火陡地上揚。「我真不明白你怎麼那麼難搞？生小孩又不是自體繁殖還是無性生殖，如果女人自己就可以辦得到，我就不會問你了！」

「我只是覺得，」小畢斟酌著字眼。「我們才認真嘗試了半年而已，說不定只是壓力太大，假設不要那麼求子心切，說不定小孩就自己來報到了。」

「荒謬！畢先生，婚姻是互相的，不能永遠都是只有我配合你，你卻堅持做你自己。你喜歡工作自由自在，不願意被固定的合約綁死，我也就尊重你的決定，反正，就算家用的也自由自在沒個固定數字，起碼還有我的一份薪水撐著。」之青咬牙切齒地說。

「這跟工作又有什麼關係？妳會不會扯遠了？」小畢納悶。

「我要說的是，你不愛吃菜、討厭家事、崇尚自由、高興怎樣就怎樣，我一向都非常配合，可是不能總是這樣吧？偶爾也該配合我吃吃沙拉、幫忙做點家事，畢竟家是兩個人的啊，要生兒育女，也要兩個人一起才行。」之青氣憤地說。

小畢翻了個白眼，隨即重重地嘆了口氣，表達他無言的抗議。

「我喜歡吃蛋糕，你也從來沒有陪我喝過一次下午茶。」之青尖叫。

「妳又不是不知道，我真的不喜歡甜食。」小畢痛苦地捧住雙眼，將之青排拒在外。

第七章

第一個十分鐘：鬧鐘發出尖銳咆哮，我撐開眼皮，揉去眼裡的惺忪睡意，按下鬧鐘，然後再度閉上眼睛。

第二個十分鐘：其實我已經醒來一陣子了，但就是不想起床。我茫然瞪視空無一物的天花板，感覺自己的內在整個被掏空，鬧鐘發脾氣似的吵鬧不休，我卻毫不在意。

第三個十分鐘：直到鬧鐘第三次發出尖嘯我才真正起床。我無精打采地更衣梳洗，今天就像是之青離家後的另一個平凡日子，我與寂寞相擁而眠，甦醒時仍然只有寂寞作陪。

今天我足足賴床近三十分鐘，心裡為了前一天的衝動躁進感到懊悔不已，我的盤問讓小喬起了疑心，現在想想，真該等她卸下心防以後再慢慢套她的話，正常人當然不會對認識不久的對象掏心掏肺、開誠佈公。

或許我可以從她身邊的人開始調查，室友、同事、鄰居……所有生活上和工作上遇到的人，一個個旁敲側擊。搞不好單刀直入就是行不通、尋人之路就是得這麼蜿蜒崎嶇。

除了思考如何修正偵查技巧以外，我也針對J字鑲鑽鍊墜和小史對她的評價兩事琢磨了許久，小喬在我詢問鍊墜來源時表現出的支吾其詞，以及之後急著離開的閃躲異樣，完全和她平常溫柔的模樣判若兩人。也許小史的想法是正確的，也許小喬並不像表面上是個溫婉單純的女子，我花了不少時間收拾殘存的自信心，所以成為最後一個下樓的人。當我提著阿道夫步出電梯時，廚房已經飄散食物的香味，並傳來陣陣笑聲。

我加快腳步走向餐廳，這實在很反常，今天早上迎接我的居然不是葛女士和小史的唇槍舌劍，反而是一片和樂融融，這真是太詭異了。

「各位早。」我加入他們，將阿道夫放在腳邊，拉開椅子坐下。

路姊、葛女士和小史已經在餐桌邊各據一方，各自享用起這天的早餐。瘦巴巴的小史穿上全套黑色燕尾服和高禮帽，只有滑稽二字能夠形容。路姊身上套了件藏青色的洋裝，維持一模一樣的嚴肅髮型。葛女士仍是整間屋子裡最顯眼的焦點，今天她擦了洋紅色的指甲油，當她伸出十指抓食，我還以為自己難得地目睹了正在產卵的珊瑚蟲。

一切看起來和平時沒什麼兩樣，但似乎又有些不同。

「再一次！」葛女士像個小女孩似的咯咯發笑。

小史坐在葛女士對面的位置，他以華麗的動作飛快地揮舞雙手，彷彿在洗一副隱形的撲克牌。他的手幾度快速掠過桌面，我的視線只跟得上他袖子的殘影，卻看不出他有沒有從盤子裡摸走什麼。

接著他頭一甩，禮帽以上下顛倒之姿落在他的左手上。小史勾起嘴角，那是一道充滿挑釁的微笑。

「拿出來！拿出來！」葛女士迫不及待地猛敲桌子。

「你拿了什麼，叉子？湯匙？」路姊好奇地問。

小史的笑意漸濃，他將右手緩緩伸入帽內，一邊還賣關子似地向葛女士挑眉，然後他的速度愈來愈慢、愈來愈慢，終至暫停——

「哈！」小史大喊一聲，下一秒，他的拇指與食指之間便捏了一片香酥的培根。

葛女士拍手大笑，小史將培根遞還給她，老太太三兩下就把魔術培根塞進嘴裡，口齒不清地要求小史再表演一次。

「葛女士，不能光吃培根喔，請把妳的燕麥粥和維他命吃完。」路姊提醒。

「可是我不喜歡維他命。」葛女士嚥下嘴裡的東西，苦著臉說。

「每個人每天早上都要吃維他命，妳看，我們大家都有啊。」路姊向我們使了個眼色。

「對啊！」小史以餐巾拭去手上的油漬，一把抓起杯子旁的兩顆小藥丸扔進嘴裡。「維他命讓我們保持一整天的活力。」

「沒錯。」我也很配合地將我那份吞下。

「好吧，那等我吃完維他命以後，還要看表演魔術。」葛女士央求。

「當然，等一下我會請小史從帽子裡變出燕麥粥給妳。」路姊笑道。

「喔？」小史裝模作樣地瞪大雙眼，「那燕麥粥裡會不會有鴨子游泳呢？要是我的帽子變成游泳池，這可怎麼辦啊？」

「太棒了，我想看鴨子游泳。」老太太咕噥，她把維他命扔進粥裡，用湯匙一杓一杓舀著吃。

我盯著葛女士瞧，今天她不僅沒有和小史吵架，也沒有出言調戲我，這實在很反常。

「葛女士是怎麼回事？」我悄聲問道。

「她今天的狀況不太好。」路姊低聲回答。

「咦？烏克麗麗呢？」我問。

「那隻半夜一直抓門的小怪獸嗎？我一早就請鄰居拿去寵物店退了。」小史得意地說。

「也罷。」我打了個呵欠，難怪昨晚夢見怪物在追我。「葛女士沒有反對？」

「葛女士早就忘了那隻狗，晚一點會有人過來陪她。」路姊嘆了口氣，道：「我想，她今晚的下廚輪值就由我來頂替吧，可是我今天必須去鎮議會一趟，議長要我協助小鎮周圍的監視器和電網工程，所以，我需要有人幫忙去超市採買東西。」

「月河鎮的安全網絡還真是密不透風哪。」小史評論。

「我可以去超市。」我說。

「太好了，等等我就把採購清單給你。謝啦。」路姊說。

「應該的，看葛女士人不對勁，我也覺得挺難過的。」我說。

「這倒不盡然，比起牙尖嘴利的老太婆，我比較喜歡這個熱情觀眾版本的葛女士呢。」小史拋接著三顆杏仁當作練習，然後又以口啣住，再吃進肚裡。

接下來好一陣子我們只是默默用餐，餐廳內一片寂然，只聽得見餐具的碰撞聲和微弱的咀嚼聲。我將楓糖鬆餅和炒蛋往嘴裡送，席間多次忍不住偷瞄葛女士，她的眼神呆滯、動作遲緩，彷彿靈魂不在家似地空洞無神，少了昔日的聒噪，那沒精打采的模樣讓她一夜之間老了好多。

路姊和小史吃完早餐後便離席了，兩人對老太太起伏不定的健康情形似乎習以為常，即便心裡頭不舒服，嘴上卻不再多表示意見。

他們走了以後，由於我下來得晚，葛女士則是吃得慢，於是餐桌上只剩下我倆。

我不太懂得如何安撫病人，有段時間之青經常叨唸腰酸腿疼，睡眠品質和情緒也大受影響，當時我無法理解她的不適，只當作女人家每個月鬧一次脾氣，結果兩人大吵一架，她控訴我關心太少，我指責她抱怨太多，接著就是整整為期三週的冷戰。

如果說我從失敗的婚姻中學到什麼，那就是壺裡的水燒滾時，就算不熄火也得把蓋子掀開來。同樣的道理，伴侶之間本該有話就說、不能老往肚裡藏，也別以為一時的粉飾太平就能從此相安無事。

不當一回事不代表永遠都沒事，堆積不滿就像蓄積壓力的鍋子，那是一顆未爆彈，遲早會出事。

縱使葛女士並非我的伴侶，好歹也是同住一個屋簷下的室友，遠親不如近鄰嘛，我也該適時對她表達關切才是。

「葛女士，妳還好嗎？有哪裡不舒服？」我問。

「這裡也痛，那裡也痛。」葛女士說。

「年紀大了就是這樣，總會有些風濕、關節炎什麼的找上門。妳可能只是昨晚沒睡好，所以情緒有些激動，我偶爾也會這樣。」我安慰她。

老太太使勁地以湯匙刮碗，嘟噥了幾句我沒聽懂的話。

「妳今天有計畫出門嗎？要不要到噴泉廣場看我表演呢？也許下午我們可以一起去吃點心？」我建議。

「我最喜歡點心了，媽媽做的煎餅好好吃。」葛女士托著腮幫子凝望遠方，意識彷彿在往日的回憶裡遊走。

「原來妳喜歡煎餅。」隨著話鋒一轉，我不經心地問道：「說到點心，葛女士，妳認識商店街的蛋糕師傅嗎？那間店好像叫做『跳舞的味蕾』還是『味蕾上的芭蕾』之類的？」

葛女士突然間有了反應，她抬起目光，衝著我咧嘴一笑，道：「我知道蛋糕店，那裡面有魔法，人走進去再走出來，就變了一個模樣！」

「什麼意思？」我的叉子僵在半空中。

葛女士神祕兮兮地壓低音量，道：「偷偷告訴你，但是不可以跟別人說喔。是我小時候看到的，蛋糕師傅走進蛋糕店的時候戴眼鏡，走出蛋糕店以後就不需要眼鏡了，而且還長高了呢！」

我深鎖眉頭，努力思索她話中的意思，倏地意識到所謂「葛女士今天狀況不好」，很可能指的是她神智不清、胡言亂語。啊，可憐的葛女士女士八成是某根神經搭錯線了。

「葛女士啊葛女士，妳知道妳今年貴庚嗎？」我以最簡單的問題測試她。

「讓我想想……」她認真扳起手指計算。「二十一還是二十二吧？」

「妳要是二十二，我就還在娘胎裡。」我搖搖頭，心裡盈滿同情。「真遺憾，昨天還好好的，怎麼今天就變成這德性？」

葛女士不高興地扁嘴。「我沒有說謊，蛋糕師傅真的不是原本的蛋糕師傅。」

「好啦好啦，我知道了。雖然妳今天說的話聽起來都像繞口令，但只要是妳說的就都是對的，這樣行嗎？」我隔著餐桌牽起她粗糙發皺的手。

葛女士注視著我，眼裡的怒意逐漸淡去，隨之而來的是一片茫然和委屈。她以單調真摯的口吻，一個字一個字說道：「我想吃煎餅，我想家，我想我媽。」

我大吃一驚，因為病痛的折磨，好強固執的葛女士首次表現出脆弱的一面。聽說人年紀大了就特別容易心情沮喪，除了對步步逼近的死亡產生恐慌，也常會思念早已亡故的親友。

「葛女士，」我在腦子裡打撈安慰的字句。「別擔心，妳已經在家裡了，現在小開普敦B棟就是妳的家啊，妳還是住在月河鎮，沒有離開。」

「不對，戰爭以後我就搬家了，可若是再回到村子裡，應該還可以找到我家的老房子。」葛女士滿懷希望地捏緊我的手，哀求道：「你可以送我回家嗎？拜託。」

我無言以對，只好任靜默一點一滴填滿兩人之間。

「我想家，我要找我媽。」葛女士喃喃重複。

老太太在我手上施加的不僅是力道，還有恐懼和絕望。我望入葛女士的眼底，彷彿重新認識了她的靈魂，彈指間，對她竟能感同身受。我擔心眼前看到的正是自己的未來，天哪，我不想獨自面對老化與死亡，真的不想。

為了防止有朝一日步上葛女士的後塵，我下定決心，一定要把之青給找回來。

路姊手寫的採購清單被我塞在褲子口袋裡，上頭有雞蛋、牛奶、起司片、香腸、香菜、青椒、番茄和其他一長串的食材。因為要買的東西實在太多了，小史只好充當搬運工，陪我一塊兒去超市。
我們走在小開普敦區裡的小徑上，少了吵架時棋逢敵手的葛女士，小史因為閒得發慌，一身急於調侃人的戰力無處發洩，只好不停的拿租車這件事情來說嘴。
「提那麼多東西，手肯定會瘦死了！不如我們騎三輪協力車去吧？」他提議。
「別逗了，兩個大男人共乘協力車？能看嗎？我騎車只載漂亮小妞，你還是拿出男子漢的本事，好好扛東西吧。」我撇撇嘴。
「你每天都是一件襯衫搭配休閒褲，沒有人會多看兩眼啦。而我呢，雖然打扮得正式又帥氣，但犧牲一點點不要緊。」小史拱起雙臂上小得可憐的肌肉，說道：「我是怕你提不動好嗎？說到男子氣概，我的本錢可比你雄厚的多呢。」
「總之，那麼娘砲的玩意兒，我是絕對不可能坐的。」我強調。
「娘砲？那吹薩克斯風就很有男人味嗎？」小史嗤之以鼻。
「當然，你沒看見當我吹奏薩克斯風的時候，雌性生物通通都為之瘋狂嗎？女人崇拜音樂家，音樂總是和浪漫畫上等號。在她們眼裡，魔術師的地位差不多就是小丑。」我取笑他。
「那你就大錯特錯了，從前我在外地表演魔術時，女人可是前仆後繼地來，個個迫不及待地想要我在她們胸前變出玫瑰花，然後把她們的內衣變不見呢！」小史拍著單薄的胸膛吹噓。「說到女人，喂，兄弟，你也該刮刮鬍子了吧？肯尼吉都快變耶穌了。」

我摸摸下巴，掌心感到一陣粗糙的刺痛。「因為浴室裡沒有鏡子，所以我好幾天都忘了刮鬍子。」

「沒辦法，路姊擔心葛女士照了鏡子以後，會被自己的模樣給活活嚇死。」小史逮到機會就要譏笑老太太一番，他又說：「我看去超市採買之前，我們先去商店街的理髮廳吧，我也該整理整理門面了。」

「也罷。」我說。

沒想到才剛轉入綠榕大道，忽然聽見一陣石破天驚的怒吼，洪亮嗓門彷彿來自盛怒的巨人。吼叫在素來寧靜的小鎮裡極不尋常，小史與我對看一眼，我從他骨碌碌的眼裡讀出了逞英雄的念頭和好奇心。

「漂亮小妞在呼喚你了。去看看？」他興味盎然地問。

「漂亮小妞？六十年前或許吧，現在肯定不是了。我們有必要淌這個渾水嗎？」我說。

小史不管三七二十一，拉著我就往聲音來源前去一探究竟。

「要追上去嗎？」我問。

「先觀察情勢，有些老人具有攻擊性，我們沒有受過專業救護訓練，搞不好會弄傷自己。」小史回答。

我們循聲向前，有如兩隻追蹤兔子足跡的獵犬，漸漸地背離了市中心的方向。因為夾雜嗚咽的叫喊忽大忽小，所以我們也走走停停，發出吼聲的人似乎不斷移動，幾分鐘後，小開普敦區被拋在後頭，小京都區則近在眼前。

接著我們經過日式風格的小京都區，淺黃色的尖頂木造房舍和日式庭園營造出典雅寧靜的氣氛。在阡陌小路的一側，我瞥見一位手拄拐杖的老太太倚著門廊而立，就站在紙糊的燈籠下。

「女士？」我喊她，想問她有沒有聽見怪聲。

老太太沒有理會我，她一動也不動，像是正在緬懷某件深刻的往事，或是某位曾經的戀人。

「叫他幹嘛？算了啦，問了也是白問。」小史拽著我繼續向前走。

隔著綠榕大道，小京都區的正對面是最近才修葺完成的情人湖公園。路姊在閒聊時曾對我說過，公園裡的天然湖泊因為形狀像枚愛心，所以被命名為情人湖。許多居民會在涼爽的傍晚到湖邊散步，沿著湖畔的木棧道走一圈只要十分鐘，倘若巧遇熟識的鄰居朋友，東拉西扯一陣，所需時間就遠不止這個數字了。

我們進入公園，終於在湖邊趕上了那位罵得臉紅脖子粗的小巨人。

在一棵棕櫚樹下，我們遇見小喬、另名中年婦女和一個拼命使性子的老先生總共三人。小喬和婦女好聲好氣地勸著，老先生起碼有九十歲了，極度不爽的表情和頭上滑稽的彩色毛線帽形成很大反差。

「鍾爺爺，別這樣。」婦女滿頭大汗地拉住老先生的手。

「不管，我要找小美！」老先生一把甩開對方，倏地伸腳一踢，鞋子立刻像射門的足球般飛得老高。

眾人瞠目結舌地瞪著那隻鞋落地，它沿著斜坡滾了幾米後幸運地被草叢卡住，差點就落入湖水。中年婦女連忙跑過去撿。

「需要幫忙嗎？小美是誰？」我走上前問道。

「小美是鍾爺爺的太太，已經過世四年了。」小喬對我低聲耳語，旋即又回過頭去輕拍老先生的背，輕聲說道：「鍾爺爺，你先跟看護回家好嗎？現在外頭實在太熱了，我們等晚一點再出來。」

「我、就、是、要找小美！」老先生奮力跺腳。

看護拎著鞋子，氣喘吁吁地跑了回來。「鍾爺爺，拜託你別再踢鞋子啦，要是真掉進水裡可就糟了！」

老先生站定，指著看護的鼻子問道：「小美呢？找到她了嗎？」

看護苦笑，彎下腰替老先生把鞋子穿好。

「這麼簡單的任務都辦不好？這年頭的小兵是怎麼搞的？」老先生霍然轉頭，以凌厲眼神上下打量我和小史，吩咐道：「你們兩個，去把小美找出來，我讓你們記功嘉獎！」

「兩位別介意，鍾爺爺年輕的時候是軍人，所以講話的態度比較頤指氣使，不過他清醒的時候人挺好的。」看護抿著笑意。

「鍾爺爺，聽我說，你先乖乖跟看護回去，說不定小美已經在家裡等你囉？」小喬像是安撫孩子般柔聲哄著。

「是嗎？」老先生半信半疑。

「當然囉，你之前不是常說小美最坐不住了，老是上鄰居家串門子，搞不好她等會兒就到家了呢。」看護信誓旦旦地說。

「你還可以和看護一起做蛋糕，記得我上次教你的擠花嗎？你可以做一個有奶油花的蛋糕，小美看到一定會很開心的。」小喬微笑，甜美的笑容足以融化任何鐵石心腸。

老先生思忖良久，最後終於決定退讓。「那好吧。」

「謝啦。」看護對小喬眨眨眼睛，隨即攙扶老先生緩步離去。

「呼，今夜難道是滿月嗎？怎麼又一個跟葛女士一樣的狀況？」小史語重心長地說。

「葛女士怎麼了？」小喬對上我的視線。

「精神狀況不太好，今天早上家裡好像多了個三歲小孩似的。」我說。

「家中有上了年紀的人就是這樣，有時看護若是稍不注意，就會發生老人家迷路走失的事件，必須格外小心。」小喬感同身受地說。

「時時刻刻都得留心哪，要不是眾人齊心合力，搞不好鍾爺爺就跳進情人湖裡游泳去了，這就是為什麼月河鎮全城要安裝監視器和電網，不是為了讓外人進不來，而是為了讓裡面的人出不去。」小史大發牢騷。

「不過，騙鍾爺爺說他太太還在，這樣好嗎？」我問。

「是不太好，不過在安撫無效的時候，善意的謊言還是挺管用的。」小喬的目光從小史的燕尾服掃視到我手上的樂器盒，好意提醒道：「你們打算在情人湖公園表演嗎？這裡要五點以後人才會慢慢變多喔。」

「其實我們本來打算去理髮廳的，就是商店街那家叫什麼來著？」我轉向小史。

「『除草機』理髮廳。」小史搔抓凌亂的黑髮。

「對，就是那裡。我的室友已經受不了我的鬍渣了。」我笑稱。

「什麼鬍渣？小京都區的草坪都比你的大把鬍子好看。不認識的人見了你，還以為你是聖誕老公公的新學徒呢。」小史翻了個白眼。

小喬輕笑，笑聲有如搖曳生姿的風鈴，她的聲音真好聽，乾淨剔透，像是那悅耳的水晶音樂。擁有這樣美妙聲音的女孩，如果開口時吞吞吐吐，聽眾應該要去鑽研五線譜上的表情記號，而不是一個勁的抱怨自己難以理解的斷句。是吧？

「我們該走了。」小史催促。而我不想理他。

「等等，」小喬喊住我，不好意思地說道：「對不起，上次一起用餐時我居然提前離開，實在太沒禮貌了。」

「沒關係啦，小事一樁。」我擺擺手。

其實，當我看到小喬挺身而出勸誘老先生時，心中的偏見早已被她的勇敢和善良撼動了。有人類的地方就有爭端，抹黑正是其中的一環，我選擇相信自己看人的眼光，而非外人未經佐證的閒言閒語。

「其實我很少對外提及家人的事情，我父母的關係不太好……即便如此，我也不該反應那麼大。」小喬咬著嘴唇。

「抱歉，是我太多嘴啦。」我說。

「我知道你只是關心，這樣吧，我們應該再聚一次，下禮拜有個慶生派對，我得準備五十個杯子蛋糕，你要不要來幫忙？」小喬問。

「可是我不會做蛋糕。」我老實回答。

「我可以教你。」小喬明亮的眼眸裡閃爍著期待。

不忍拒絕她的好意，我只好說道：「好吧，可是萬一我真的沒烘焙天份，就只能在旁邊舔糖霜喔。」

「沒問題！我會準備足夠的糖霜。」小喬的神情閃閃發亮，她邊揮手道別邊轉身離開。「你們要去『除草機』對嗎？那就祝兩位紳士好運了，店主把店名取為除草機不是沒有道理的。」

「她這話什麼意思？」我問小史。

「你待會兒就知道了。」小史狡笑。

「除草機」是一間很新潮的理髮廳，才剛踏進門檻我就後悔了。

店內牆壁是圖樣複雜的馬賽克磚，以橘色和藍色的不規則彩磚拼貼出富有中東風情的鑲嵌畫，門簾則是帶有銀粉和金線流蘇的灰色紗帳，一盞龐大的水晶吊燈自天花板垂掛而下，在地板投射出讓人目眩神迷、恍如萬花筒般的華麗光芒。

店裡的座位總共只有三張，也不是一般尋常店家會使用的人造皮椅。亮紫色的絨布躺椅鑲有棕色皮邊，蓬鬆的絨布表面閃耀神祕的光輝，像是一朵柔軟的祥雲。座椅前方沒有鏡子，只有一座目測約三十公分長、十公分寬的狹窄的檯面，以無懈可擊的嵌入方式鑲在牆內，檯面上擺了一座雕琢著白色城堡的陶瓷精油燈，一股冶艷的濃郁花香隨之撲鼻而來。

「剪髮?修眉？」老闆踏著輕快的碎步從櫃檯後方走出來。

如果期待店老闆是個搔首弄姿的肚皮舞美女，那可就大錯特錯了!

那傢伙差點沒把我給嚇得奪門而出，老闆的脖子以上是個白淨斯文的美男子，頭髮以髮蠟向上抓出造型，眉毛也修出順暢的曲線，左耳還懸掛了一只金色的十字架耳環。脖子以下，老闆擁有一副孔武有力的壯碩身軀，他的胸肌彷彿打算衝破緊身上衣的單薄布料，出來和客人們打招呼。如果要撰寫一本月河鎮奇人軼事，他肯定會佔據相當大的篇幅。

「我們要刮鬍子。」小史將我推向前方，老神在在地說。

「嗨，新面孔。」老闆拍了拍椅背。「鬍子要理光還是做造型？」

「剃光。你們沒有鏡子？」我謹慎就座。

「不需要鏡子，在『除草機』打理外表，就要信任我的雙手和剪刀。」老闆喀嚓喀嚓的舞弄剪刀。

「別怕啦，大不了就是剃個光頭嘛，還能把你怎麼樣？」小史在我隔壁坐下。

我心一橫，硬著頭皮閉上眼躺下，決定寧可任理髮店老闆宰割，也不要遭小史訕笑。

沒想到，老闆的動作竟意外地輕柔仔細，這是我走入「除草機」店內後第二次驚訝得合不攏嘴了。他小心翼翼地替我繫好圍裙的帶子，然後以指腹在我的下巴處抹上刮鬍膏，刮刀在他手裡不再像是恐怖的屠刀，反而成為節奏規律的提琴琴弓。

他就像是在演奏提琴，一下、兩下、三下、四下，每小節四拍，我感覺下巴的肌膚在俐落而溫柔的指引下漸漸變得光滑，絲毫沒有拉扯皮肉應有的疼痛。

「讚。」我安心地躺在椅子上，有如享受芳療的名媛貴婦，不再替我裸露的喉頭擔心受怕。

處理完鬍鬚之後就輪到頭髮，我請老闆幫我稍微打薄，但是不要修剪長度。

「小畢，你對小喬有興趣嗎？」小史突然問我。

「怎麼這麼問？」我語帶保留地瞄了老闆一眼。

「你經常提到小喬的名字，我很好奇為什麼。」小史解釋。

「別擔心我，全月河鎮除了心理諮商師以外，就屬我的口風最緊了。」老闆拿出耳機戴上，愜意地哼起了歌。

現在小史與我是店內唯二的客人，老闆又聽不見我們說話，猶豫了半天，我想這或許是和小史交換情報的大好機會。

「我能信任你嗎？」我嚴肅地問。

「當然。」小史誇張地瞪大眼睛，語帶責備地說：「我們是每天朝夕相處的室友耶，嚴格說起來，就跟家人沒有兩樣，我怎麼可能出賣你？」

「好吧。其實……小喬長得很像我的妻子。」我像是下定決心似的，硬擠出這句話。

「前妻嗎？離婚了還是過世了？」小史問。

「離家出走吧。」我說，這字眼在嘴裡嚐起來萬分苦澀。

「離家出走『吧』？你是猜的啊？」他不解地問。

「某天我下班回家，發現我妻子把所有私人物品通通打包帶走，人去樓空。」我悶悶不樂地說道：「緊接著我就報警了，但是現場沒有打鬥痕跡，之青平日也沒有與人結怨，所以排除綁架的可能性。警方說若是外力介入，不可能還把行李也帶走，這不就是逃家的意思嗎？」

「你也別這樣妄下定論，會不會發生了什麼意外？」小史問。

「之青連牙刷都帶走了。」我頹然道。

小史瞇著眼睛想了一會兒，又道：「好吧，就算她是翹家好了，那在事發之前總該有些能夠察覺的異狀吧？」

「我們那陣子的確處得不是很好，可是結婚這麼多年，吵架根本是家常便飯。」我替自己辯護。

「有鄰居看見她帶著行李離家嗎？」他問。

「沒有，我問過所有公寓住戶，沒有任何目擊者。我想她大概是趁著上班時間走的。」我說。

「那她工作場所的同事怎麼說？」他問。

「唉，她離家後，我去過她上班的學校打聽，可是之青的同事不怎麼喜歡我，所以也問不出什麼所以然來。」我苦惱地說。

「唔，如果是我女朋友想跟我分手，她的好友八成也會一面倒地維護她。也許相信她是逃家比較好，總比遭遇不測好得多？」小史換了個姿勢，將手枕在腦袋下。

「我不曉得……當然，如果之青還健健康康地活在地球上的某個角落，會比已經不在人間好得多。可是，那就代表了她確實是主動離開我。」我艱難地回答。

雖然我篤信之青是逃家，也認為她依然活在世上，但我真的無法肯定水落石出的那天來臨，自己有沒有辦法承受真相。

「嘿，兄弟，別灰心，讓過去就過去吧，說不定你會遇見第二春喔。」小史從隔壁座位伸長了手，拍拍我的肩頭。

「別開玩笑了，我對愛情已經完全死心。」我有氣無力地說。

「怎麼這麼悲觀？告訴你，很多人都是來到月河鎮以後再度墜入愛河呢。」小史咧嘴笑道：「你不就是因為覺得小喬長得很像你太太，所以情不自禁地接近她？」

我長長吁了口氣，閉上眼睛說道：「談不上情不自禁，我總覺得小喬和之青可能有什麼關係，她們不僅五官長得像，某些神韻也非常類似。」我再度睜開雙眼，問道：「我才一直想問你，為什麼會說小喬給人距離感呢？今天在情人湖公園巧遇，我還是覺得她很親切善良啊。」

「該怎麼說……」小史斟酌著字眼，道：「她今天確實表現得很平易近人，但那是因為她對你特別友善吧，平常我遇到她，她都不太理人的。而且我聽過一些不太好的傳聞，有人說她剛到月河鎮的時候個性很男孩子氣，以前和現在判若兩人，還有人說她有人格分裂。」

「鬼扯。」我罵道。

「也許只是嫉妒貌美女子的閒言閒語吧，不過我真的認為她對你特別好。你喜歡她嗎？」小史問。

「不是那種對異性的喜歡，小喬有種讓人想要接近的特質，和她相處起來格外輕鬆自在。」我說。

我沒有說出口的是，小喬溫柔聰慧、善解人意，對老人家也特別有耐性。這麼好的女孩兒怎麼可能精神有問題？流言真是莫名其妙。

接著就換小史刮鬍子了，我們也結束了關於小喬的話題。不過，經小史這麼一解釋，我頓時感到豁然開朗，並且更加堅信自己對小喬的評斷。現在只要弄清楚J字項鍊的由來、以及小喬與之青的關係就可以了，什麼人品有問題啦、人格分裂啦那些亂七八糟的批評，轉瞬間通通都被我拋到九霄雲外去。

路姊開的採購清單真是長到不行，需要動用兩台手推車才裝得下。

小史與我分工合作，一個人採買生鮮蔬果，一個人去肉品櫃檯進行挑選，約定二十分鐘後在超市門口集合。

我走在衛生紙和廚房紙巾的貨架尾端，剎那間，一個熟悉的聲音引起我的注意力。

「王媽媽，好久不見。」小喬背對著我，與一個我沒見過的老太太寒暄。

「小喬，你也來超市買東西啊。」老太太拿了一罐奶粉，放入推車裡。

「您的膝蓋最近好點了嗎？」小喬問。

「好多了，多虧你哥哥的處方，家裡有人當藥師真不錯。」老太太笑道。

「除了吃藥，多補充膠原蛋白也會有幫助喔。」小喬說。

「好的好的，幫我跟你哥哥說謝謝啊。」忽地老太太的目光掠過小喬，瞥向後方的我。「藥師，你也來買東西啊？」

我迅速衝進隔壁走道，用成排貨架和滿滿的商品遮住自己。

「誰？小畢嗎？」小喬問她。

「咦？可能是我眼花看錯了吧。」我聽見老太太這樣說。

「好，那我先去結帳囉。再見。」小喬轉身走向櫃檯。

「再見，祝你和家人身體健康。」老太太說。

一輛推車離去，接著另外一輛也慢吞吞地走了。

我愣在原地動彈不得，心臟像是蹦到了喉頭似的難受。哥哥？小喬說自己是獨生女，她哪來的哥哥？

許久以後，我才從貨架的陰影內走出來，當我和小史碰面時，已經整整遲到了十五分鐘。

第八章

29歲

之青瞪著流理台內骯髒油膩的碗盤，無言以對。

從幼稚園下班後馬不停蹄地整理家裡，等到終於可以坐下來喘口氣時，時鐘的短針已經指向八點。之青不禁感嘆，珍貴的光陰，總是不知不覺地流逝。

並非之青喜歡枯索的家務，幾年的婚姻讓之青領悟出一個真理，那就是家裡頭的瑣事，誰看不下去了就誰做。當夫妻倆對髒亂的標準不一致時，要求高的那個自然就包辦了整理環境的大小事。

沒辦法，總得有人做，況且女人擁有天生的築巢本能，那股內化的力量讓之青與灰塵和垃圾誓不兩立，有時候她真想將那個髒污的亂源——也就是她的丈夫給趕出去。

也許是因為之青的父親是個很權威的大男人，娘家的家務也都是母親在處理，所以之青自然而然就復刻了父母親的行為模式，任勞任怨地跟在丈夫後頭收拾，舉凡隨地亂扔的髒襪子、喝到

剩一口的啤酒罐、

最近她覺得自己很容易感到疲倦，年紀真的還是有影響，生活同樣操勞，體重卻增加不少。之青和小畢差了一歲，她卻覺得自己外表的年齡已經迅速趕過丈夫了。

小畢一如初識時的模樣，音樂家那桀驁不馴的外表老是惹得岳父生氣，可是，之青不是一個輕言放棄的女人，徒有滿腹怨言卻說不出口，只能吞下、忍著和憋著。

她機械性地重複起標準動作：刷洗、沖水、擦乾，餐具清潔溜溜以後，她注意到手掌皮膚因泡水而浮現的溝紋。青春歲月化作泡沫，跟隨日復一日灑掃的髒污一同沖進下水道了。

第九章

許多學音樂的人都有絕對音感，那是對音頻的敏銳度與準確度。

絕對音感是我早逝父母遺留的珍貴禮物，後天的工作環境則將這份禮物琢磨得更上層樓，雖然我幾度寧可自己不曾擁有。

我能洞察語氣中的細微情感，壓抑的憤怒、隱晦的懷疑、裝出來的欣喜和偽裝成玩笑的嘲諷貶損，全都像音階一樣壁壘分明。無論對方如何掩飾情緒，我都能輕易拆穿謊言外包裹的糖衣。

正因如此，在不知該如何面對之青的責難時，我經常選擇忽略與逃避。也因為這樣，讓我相信小史轉述的那些關於小喬的流言蜚語全都千真萬確。

種種線索全部導向一個答案：小喬在說謊。

小喬告訴我自己是獨生女，卻和超市裡的老太太聊起當藥師的哥哥。還有，她對J字鍊墜的由來刻意迴避、支吾其詞。

現在回憶起來，小喬的確時不時地表現出欲言又止的模樣，本來我只當她是內向害羞，並沒

有多作他想。

問題是，倘若她真當著我的面扯謊，我怎麼可能沒聽出她語氣中的心虛顫抖？是我太感情用事了，所以愚昧地選擇相信、對她的連篇謊言全盤接收？

我不這麼認為。我相信自己的表現沒有失常，阿道夫的音準仍然維持在百萬分之一的誤差之內。

那麼，在親耳聽見小喬自然而然地說出不同版本的故事之後，那就只剩下兩種解釋──若非她演技絕佳，就是如小史所說的，小喬患有人格分裂症。

而我傾向於後者。

人格分裂這個名詞為小喬的行為提供了完美解答，小喬表現出迥異的人格特質，時而親切有禮、時而冷若冰霜，也許並不是她對外的態度轉變，而是內在掌控的人格轉變。

我一鏟一鏟地挖出線索，逐漸鏟出一條清晰的思路。眼前我最在乎的，就是小喬和之青是不是相同身體裡的不同人格？關於這個問題，今天就可以水落石出了。

午餐過後一小時，我依約在第一批麵包出爐後抵達「舌尖上的芭蕾」。推開玻璃門後，四溢的香氣與叮噹作響的門鈴相伴飄出。

這是一家窗明几淨的可愛小店，門外的廊柱和延伸至室內的地板是糖果般甜蜜的莓紅色、牆壁是緞帶般明亮的桃紅色，結帳櫃檯被漆成了帶有白點的淡粉紅色。胭脂紅色的貨架上整齊擺放以藤籃裝盛的土司、可頌以及填有餡料的各式麵包，點心櫃裡則擺著三種不同口味的水果派，灑上糖粉的藍莓、覆盆莓和漿果鮮豔欲滴。派餅和麵包在深淺交織的粉紅色世界裡似乎更添美味了，令人彷若走入童話故事裡的糖果屋。

我站定，向矮胖的女店員點頭致意。「妳好，我和小喬有約。」

她正忙著將一名婦人的棍子麵包裝進牛皮紙袋，於是抽空以手勢比了比櫃檯旁的小門，示意我自己進去。我向店員微微欠身道謝，邁開步伐走往門邊。

一牆之隔的烘焙坊內傳出鈴鐺般的年輕笑聲，這時，一位蓄有短髮的女孩自門內走出，她與我擦肩而過，渾身都是小麥的香味，臉上則掛著大大的笑容。我猜她就是這裡的麵包師傅。

「小喬，妳真是太搞笑了！」女孩的外套掛在手臂上，揹著包包向店員揮手。「拜囉。」

很好，「搞笑」——又是一個關於小喬的我不熟悉的形容詞。

我跨過門檻，進入烘焙的神祕世界，掌管這個地方的女主人此刻正站在工作檯旁，全神貫注地將秤過的麵粉倒入篩網。小喬穿著白色的廚師工作服，將J字項鍊緊緊包覆其中，挽起的紅色長髮藏在廚師帽內，專業架勢十足，秀麗的五官也因專注和投入而顯得嚴肅。

她的動作輕柔且仔細，麵粉過篩時宛若紛飛的細雪，白色大碗則像是一顆有著高聳丘陵的聖誕節雪球。

「小喬？」我輕聲敲門，吸引她的注意。

「嗨！」小喬露出欣喜的笑容，抬頭瞄了牆上的掛鐘一眼。「天哪，時間過得這麼快？差點忘了和你有約了，快進來。我們今天要做鮮奶油波士頓派、核果布朗尼、覆盆莓乳酪蛋糕和焦糖布丁，這是指定的菜單，不過我覺得這些點心都太普通了，正在想要不要加碼做個充滿驚喜的彩虹蛋糕呢？」

「什麼是彩虹蛋糕？」我問。

「就是以七種模型分別烤出紅、橙、黃、綠、藍、靛、紫七種色膏調出的蛋糕體，然後由小到大組合成一個蛋糕，這樣切開的時候，橫切面就會像是一段彩虹。」小喬說的頭頭是道。「去洗手吧，樂器盒可以先放在櫃子裡。」

我將阿道夫放在員工置物櫃中，然後走向流理台，在小喬的指導下以肥皂泡沫充分塗抹於指關節之間，並使用小刷子澈底將雙手洗淨，我的皮膚在用力刷洗下彷彿脫了一層皮。

「好啦，這下子一乾二淨了。」小喬滿意地將毛巾遞給我擦乾，又給了我一件圍裙穿上，再回頭時卻一臉疑惑。「咦？剛剛做到哪個步驟了？」

「過篩？」我提醒。

「對喲，我被彩虹蛋糕給弄糊塗了，忘記正在準備波士頓派。」小喬不好意思地摀嘴偷笑，道：「看我真是健忘，忙起來就是這樣，感覺腦子不聽使喚了，對吧？」

我泰然自若地點點頭，迎合道：「很正常啦，我也時常這樣。」我的目的是讓小喬鬆懈下來，愈放鬆愈好。

「請你幫忙做蛋白霜吧。」小喬指向工作檯上的兩個鋼碗，大的裡面裝有蛋清，小的則裝了糖還是鹽巴的佐料。她把一個類似攪拌棒的東西交給我，說道：「這是電動打蛋器，請你開始打發蛋白，等到充分混和以後再加入剩下的糖繼續打，當蛋白霜變成變成像刮鬍膏一樣有點硬的白色泡泡時就停下來。現在我要去做水果餡料了。」

「聽起來很難耶，我盡量努力不搞砸。」我說。

「別擔心，在我的看管下，失敗率只有百分之零點一。」她笑著說，然後把蛋黃、鮮奶等物加入原本的麵粉裡，左手持著一種扁扁的塑膠板，將材料攪拌均勻。

我們分頭進行手上的工作，烘焙坊裡安靜下來，我假裝專心打蛋，思緒卻逐漸陷入攪拌蛋白造成的漩渦裡……

其實，就在一個小時以前，我認真研究過「多重人格」這個議題。

我像平常一樣和室友們共進早餐，餐後卻沒有按照每日的作息外出演奏，而是上月河鎮的圖書閱覽室報到去了。那棟灰白色的建築物只有兩層樓高，和其他街區比起來很不起眼，室內空間也不大。其實這不難理解，大部分小鎮圖書館的主要館藏都不是暢銷書籍，反而是諸如報紙等當地出版品，月河鎮沒有地方報社，居民又頗為年長，對圖書館的需求自然比其他公共設施來得低。

我的推論沒有錯，上午的圖書館內空無一人，甚至連個圖書館員都沒看見，我在櫃檯邊上躊躇了半天，在瞄到告示牌後才赫然發現借書與還書都採用市民證自行刷卡，所以沒有固定坐鎮於櫃檯的館員，真不知是該對完全科技化讚譽有加，還是對過度精簡人力抱怨連天。

繞了一圈以後，我失望地確認了館內藏書比我想像中的還少，大約就是一間公立小學的規模。我按照分類一區一區地尋找，先是歷史、自然和文學類別，然後經過了整整三櫃傳記和小說，葛女士逼小史唸給她聽的羅曼史大概就是來自這裡。架上的期刊和雜誌倒是十分齊全，其中又以健康和休閒生活類別居多，想必是審慎考慮過居民難以擺脫的老花眼和關節炎。

科學叢書很少，關於精神疾病的書籍更是少得可憐，只有《漫談居家照護之路》、《精神病患醫療服務》、《忘了我是誰》和《淺談躁鬱》，我把每本都翻開來迅速瀏覽一遍，在反覆確認過目錄的編排以後，我認為《淺談躁鬱》最適合，因為裡面有一小篇提及人格分裂的章節，雖然篇章和我的希望一樣短少，但聊勝於無，於是將它收進樂器盒的夾層裡。

所幸失望並沒有持續太久，因為，我在圖書室隔壁的閱覽室裡找到了公共電腦，而且還可以上網！

我不是時下沉迷網路的年輕人，家裡沒有電腦，手機也不能上網，因為我把電信費換成了啤酒，所以手機早就被停話了。不過我對使用網路毫不陌生，在之青離家之後，每隔一陣子我就會去圖書館使用公共電腦，以關鍵字查詢之青的名字，希望能有她的消息。

顯然這份技能還沒有過於生疏，我坐在螢幕前面，手指非快遞在鍵盤上輸入「人格分裂」的字串，結果出現以下資訊——

人格分裂症：學名為「解離症（Dissociative Disoders）」。主要特徵是患者將引起痛苦的意識活動或記憶，從整個精神層面解離開來，以保護自己，但也因此喪失其自我（Identity）的整體性。常被誤認為是憂鬱症、強迫症和精神分裂症。

成因：早期的嚴重受虐或創傷經歷未被妥善處理。

症狀：失憶、自我感喪失、現實感喪失、身分認同混淆、身分認同轉變。

治療方法：以4C安慰（comfort）、溝通（communication）、合作（cooperation）、連結（connection）為治療基礎。用溫和方式打破記憶的那道牆，讓隱藏的各部分能夠相互連結整合……

螢幕上的文字彷彿歷歷在目，我一邊打蛋，一邊仔細回想從我踏入烘焙坊以來，小喬的一舉一動。

首先，小喬差點忘了和我的約定，這算不算暫時性「失憶」呢？她烘焙時會和自己進行對話，行為實在詭異，這會不會就是所謂的從遠處旁觀自己、「自我感喪失」？而忘了自己手邊的工作進行到哪一個步驟，不就是「現實感喪失」嗎？

最重要的是，剛剛那位短髮麵包師傅居然說小喬很搞笑，或許小喬很親切迷人，但我絕對不會說她是個幽默有趣的女孩。除非她擁有很多不同面向，就像是完全不同的人格一樣……

我將小喬的行為模式與多重人格的症狀交互比對，愈想愈覺得八九不離十，小喬選擇在不同人的面前表現出不同的模樣，所以小史才會說她很冷漠，居民之間才會流傳出關於她的八卦。

網路上是怎麼說的？要讓病患整合她所有的潛意識，必須以安慰、溝通的方法和她交流，讓她願意配合並放下心防、進而產生連結。好，就這麼辦！

「蛋白霜打好了。」我關上電動打蛋器。

「做得好！真是完美的蛋白霜，看不出來是初學者的作品唷，天哪，我真該擔心自己的飯碗了。」小喬盛讚。

「要不要嚐嚐看？」我歪著頭對她笑。

「有和不可？」小喬從櫃子裡取出兩支小湯匙，遞給我們一人一支。

她挖了一口淺嚐，「嗯，完美。」我也學著她偷吃一口。

接著，她把蛋白霜分次加入麵粉糊裡，以刮刀緩緩攪拌後倒入模型，再送進烤箱。「呼，我們可以稍微休息一下下了，想喝杯茶嗎？」

「好啊。」我說。

小喬為我們倒了兩杯花茶，她斜倚著工作檯，神情愉快地啜飲茶湯，看起來十足的放鬆。我認為時機到了。

我展現最和顏悅色的口氣，問道：「小喬，上次妳說父母不合是怎麼回事？願意談談嗎？」

小喬微微蹙眉，她抬頭凝視著我，晶亮的雙瞳瞬間轉為黯淡，手中的茶杯在舉放之間猶豫不決。「我不確定自己能不能談論這個。」

「如果妳願意傾訴，我是真的很想成為那個聽妳吐露心聲的對象，我可以感覺到妳很需要聊聊，說出來肯定比悶在心裡好過得多。」我輕捏她的肩，無奈地皺著臉說道：「別考驗我的說服力了吧？妳也知道的，我擅長的是演奏，不是演講。」

小喬擠出一絲苦笑，眾多情緒自她眼中一閃而逝。

我收回手，按捺下心頭的催促。小喬會說的，我可以察覺到她積壓的煩惱，那些思緒偶爾會遮掩不住，此刻則完整呈現在她的表情裡。我盯著她看，盯著那鑲在眉間的悵然若失和停在唇邊的欲言又止，隨著時間的分秒流逝而趨於濃烈。

彷彿過了一世紀那麼久，小喬長長地吁了口氣，她迎向我的視線，下定決心似地開口說道：「也罷，我本來也想把這件事說清楚的，只是不曉得如何開口。」

「我已經替妳把最難的部分完成了。」我朝她擠眉弄眼。「慢慢來，要完成烘焙得花上好個幾小時呢，加上有我幫倒忙，可能還得延長時間加班喔。」

小喬被我給逗笑了，她意味深長地看了我一眼，接著轉身面向烤箱，緩緩說道：「我的父親……該怎麼說呢，他是個很大男人的丈夫，凡事非常自我，不太會照顧別人的心情。他總認為家裡的事都是女人的事，也不願意為老婆和小孩付出一點點時間和精力，因為他的工作和休閒就已經佔去他絕大部分的生活了。」

「然後？」我鼓勵性地對她頷首。

「我的母親則是一個堅強又固執的女人，什麼事情都往身上攬，就算再苦也要咬牙撐下去，她必須兼顧工作與家庭，還要分神照料孩子和娘家那邊，這些事情父親通通都不管。母親太能幹了，表面上她都做得很好，是一個嫻淑的妻子、和藹的母親、孝順的女兒和認真的員工，但是日子久了，女人的心裡難免會不平衡，所以夫妻倆的爭端就開始了。」小喬低聲道。

我心想，之青的父親就是這麼一個傳統且權威的男性，他是軍人，所以把發號施令的習慣也帶進家裡。至於之青的母親嘛，經營小茶館的季太太是個大嗓門的管家婆，任何大小事情都喜歡插手，我個人是很少和岳母接觸，印象中的她就和蜜蜂一樣勤勞，和小鳥一樣喋喋不休。

小喬繼續說道：「我的童年記憶裡，父母親總是在生對方的氣，兩人從來沒有坐下來好好吃頓飯過。要嘛就是冷戰，要嘛就是乾脆當著我的面吵起來，所以小時候的我很內向，也總是躲著我的父親。」

「真是辛苦妳了。」我同情地說。

我從來沒聽之青抱怨過她的父母，但我們畢竟是同床共枕的夫妻，多多少少知道她小時候吃了不少苦。艱難的童年造就獨立樂觀的性格，關於這一點，我打從心底佩服不已。

現在的小喬像極了之青，她的身形秀氣似一彎新月，靈魂卻有如太陽般光芒四射。

「小時候，每當看到同學的父親接送接他們上學放學，我都覺得非常羨慕。有些爸爸會幫小孩提書包，有些甚至會和小孩擁抱吻別。雖然我的母親也會抱我親我，但是父親從來不和我有肢體接觸，有時候……我甚至覺得他根本就討厭小孩。」小喬攬著雙手，像是個哭訴委屈的小孩。

一陣心酸襲來，我同時替小喬感到不平，也為自己的視而不見感到羞愧。多年來，我理所當然地認為之青是個開朗幹練的女人，從未探究過她眉頭深鎖的原因。不幸福的父母親和不快樂的童年時光，正是「早期的創傷經驗未被妥善處理」，這也難怪會「身分認同混淆」了。

「妳恨他嗎？」我問。根據我查到的資料，有效打破人格之間藩籬的方式，「安慰」的下一個步驟就是「溝通」。

「小時候會。」她的語氣漸漸平緩。「可是隨著年紀漸長，慢慢能夠理解生活有多麼不容易，所以比較能體諒當時父母的心情了。」

「我想妳的父親一定有他的苦衷，他不是不愛你，只是不懂得怎麼表現，天底下沒有不愛自己小孩的父母。是吧？」我說。

「你是這樣想的？」她抬頭，眼神朦朧而脆弱。

「當然，我完全能理解妳的感受。我的父母早逝，所以我和他們接觸的時間也不是很多。但是有件事情我記得特別清楚，當我還是小學生時，每天從學校放學回家，母親雖然在廚房裡忙碌著，餐桌上卻一定有碗熱騰騰的點心，那就是母親對我的愛。所以，怎麼可能有父母不喜歡像妳這麼貼心的女兒呢？」我與她並肩而立，伸出臂膀摟著她的肩頭，藉以表達我的支持。

「謝謝，現在我覺得好多了。」小喬擠出一絲憂傷的笑容。「你的父母是怎麼過世的？」

「在我十六歲的時候，父母因為一場車禍而離開了，對方是個喝醉酒的駕駛。」我回答。

「只有十六歲？這對你來說一定很難熬。」她若有所思。

「幸好保險理賠了一筆為數不少的錢，加上我父母之前的存款，足夠我念完大學到出去工作都還綽綽有餘。只是孤單的生活讓我比較不擅長和人相處，尤其是女人。」我偷偷觀察她的表情，希望我已經成功地以自身經驗和她建立「連結」。

「那你應該會盡量避免喝酒才對？」小喬問。

「不，我盡量避免開車。」我笑答。

小喬噗哧一笑，正打算再說點什麼，忽然間，門外的蛋糕店傳來一陣像是爭執的嘈雜聲響，小喬和我互換了一個錯愕的眼神，隨即放下手上的工作，往前方的店面走去。

我脫下圍裙尾隨在後，臨走前，還偷偷撕下一片油紙，將小喬舔過的小湯匙包好後收進口袋。我去圖書館的時候，順便查了關於DNA鑑定的相關資訊。雖然是預謀，但順手牽羊的舉動還是讓我小小的緊張了一下。

甫步出櫃檯旁的小門，糾紛的來源便映入眼簾。

「我現在就要吃蛋糕！」老太太大發雷霆，以拐杖費勁地敲打地板。

貌似看護的女人和店員擋在老太太面前，阻止她造成進一步的破壞。

「怎麼了？」小喬問店員。

看護率先開口道：「都怪我不好，早上劉嬸起床時心情就有點暴躁，可是我一時心直口快，提醒她明天要過八十歲生日了，會有派對和蛋糕。這下可好，劉嬸馬上吵著要吃生日蛋糕，硬是拖著我來到商店街，誰攔她誰就要挨揍。」

「劉嬸，明天才是妳的生日喔。」店員好意提醒。

「今天才是我的生日！妳們自以為比我本人還清楚我哪天成年嗎？」劉嬸老高聲咆哮。

「不對，妳看小喬穿著廚師服，正在努力幫妳做明天的蛋糕呢！」看護說。

「是呀，有妳最喜歡的波士頓派哩。」店員幫腔。

劉嬸瞇起眼睛，手裡的拐杖蠢蠢欲動。

我緊張地扯住小喬的袖子，示意她不要輕舉妄動，免得等會兒拐杖發威時遭受池魚之殃。

劉嬸沒再吭氣，卻不斷以質疑的眼神掃射現場的每個人，不過幾秒鐘的光景，她的雙眼倏忽一亮，轉身便以所能達到最快速度蹣跚奔向蛋糕櫃，一臉洋洋得意地說道：「想騙我？這裡面是什麼？」

「呃……鮮奶油洋梨派、覆盆子巧克力派和藍莓派？」店員回應。

「是生日蛋糕！」劉嬸指的是最上層的洋梨派。

透明的玻璃冷藏櫃內，鮮奶油洋梨派正躺在雕飾精美的白色瓷盤上，像是醃漬過的切片洋梨平鋪成花朵的形狀，周圍點綴著誘人的乳白色奶油擠花，波浪狀的派皮則烤得金黃酥脆，看了令人食指大動，簡直是蛋糕界的藝術品。

「那是店裡販售的水果派，不是生日蛋糕。」店員搶先一步回答。

「我說它是蛋糕，它就是蛋糕！」劉嬸堅持。

「劉嬸，妳想吃吃看嗎？」小喬溫柔地問道。

拄著拐杖的劉嬸奮力彎下腰，鼻頭緊貼著蛋糕櫃，她呼出的暖氣如同她熱烈的渴求，在透明玻璃櫃上化作印記。

「這些水果派都是我做的，裡面的水果都是我親自挑選的唷，非常新鮮。」小喬踏著堅定的步伐走向前去，袖子於剎那間離開了我的掌心。

看小喬對老奶奶輕聲細語的說話方式，分明就是幼稚園老師和學生溝通時的模樣。我感到心頭一緊，想要保護她的念頭和尊重她專業判斷的想法勢同水火，僵持不下。

「在明天的生日派對之前，要不要先吃塊洋梨派解解饞？很好吃喔。」小喬轉頭向店員眨眨眼睛，對方立刻動手取出一塊洋梨派進行包裝。接著小喬又對劉嬸說：「生日蛋糕還沒完成，妳先回家，讓我有足夠的時間和空間烘焙，明天就可以吃蛋糕了，好嗎？」

「來，劉嬸的下午茶，我還多包了幾塊餅乾。」店員將包好的洋梨派交給看護。劉嬸瞬間態度不變，她眉開眼笑地望著戰利品，在看護的好言相勸下順從地離開了蛋糕店。送往迎來的店門開了又關，這次不是迎來消費的嬌客，而是送走難纏的貴賓，大家都著實鬆了口氣。

「我應付過許多使性子的老人家，想對我動粗的還是第一個！多虧有妳幫忙，真是太感謝了。」店員拍著胸口說道。

「小事一樁。」之青……小喬的臉上綻放溫暖的笑容，繼而對我說道：「該上工了，我們有個緊迫盯人的客戶呢。」

經過這場意外的喧鬧後，「舌尖上的芭蕾」再度恢復原有的寧靜。

我們重回工作崗位，烤箱中的波士頓派剛好準備出爐，小喬戴上隔熱手套將它取出放涼，接著又馬不停蹄地開始調製兩層派中間的水果餡料。電動打蛋器發出高速運轉的馬達聲響，彷若加足了馬力彌補方才消耗的工時。

小喬全神貫注於眼前的鮮奶油，低垂的濃密睫毛在她的側臉輪廓上形成一道優美的陰影，幾縷紅色髮絲落在額際，她卻無動於衷，像是遺世獨立的雕像般超然，美艷不可方物。

我無法將視線移開，只能對著這幅迷人的剪影失神發怔。這副景象我再熟悉不過了，恍惚之間，我確信自己看見了結褵多年的髮妻。

「之青？」我失聲道。

她身體一僵，差點碰翻了工作檯上的鋼碗。

我不知道自己怎麼了，雙腿帶著我衝上前去，我雙手握住她的肩頭，用力將她轉向自己。

「之青……」我哽咽地望入她的眼眸。

她的臉上寫滿驚愕，舌頭也像打結似的沒有反應。電動打蛋器於轉瞬間離開鋼碗，鮮奶油彷彿也受到過度驚嚇，隨著空轉四處噴濺。

我搖著她的肩，誠摯地說：「我不該在妳想溝通的時候逃避，如果早知道逃避無法解決問題，我就會拿出男人該有的擔當勇敢面對。」我搖著她整個人。「我不曉得那些狗屁倒灶的事情讓妳這麼介意，以後妳媽說什麼我都不會再當做耳邊風，我也會找份穩定的差事。」我搖晃著她，想把沉睡中的之青給搖醒。

「之青，跟我回家吧？」

雖然人格分裂是源於童年的創傷，但身為丈夫的我責無旁貸，沒能提早察覺妻子的異樣就是我的疏失，沒能照顧她免於發病，我也算間接加害的幫凶。

她緊抓著橫亙於我們之間、依然運轉中的電動打蛋器，慌張地說道：「我不是之青，你忘記我是誰了嗎？」

「我沒有忘記妳是誰，是妳把我給忘了！」我死命地以手指箍住她，深怕她再次逃走。

她揮舞著打蛋器，彷彿那是個防身的武器，「你搞錯人了！我不是你想像中的妻子，我是小喬哪。」

「小喬？」我鬆手。

她飛快地繞過工作檯，在檯子的另一側與我相互對峙。

我緊蹙眉頭，仔細觀察她的表情和語氣，試圖從眼前的女孩身上找出一絲屬於之青的痕跡。可是，我只看見年輕的蛋糕師傅穆思喬。

「之青，親愛的？」我再度嘗試喊她。

「都說了我不是。」小喬重申。

「可是妳也是左撇子。」我喃喃道。

「那又怎樣？」她蹙眉。

她的反應不像在說謊，眼皮沒有快速眨動，眼神也沒有四處流轉。耳根沒有發紅，嘴唇也沒有喪失血色。

她口口聲聲強調自己是小喬、不是之青，糟糕的是，我的直覺也相信她說的都是實話，我甚至覺得，她認為我才是那個荒謬絕倫的人。

我被搞迷糊了。

「你看，」她將廚師帽往上拉，露出白皙的頸項與耳朵，她輕捏耳廓，將耳背上的胎記秀給我看。「我的耳朵上有胎記，這樣可以證明我不是你太太了吧？」

我瞪著那宛如海鷗的紅色印記，足足有一分鐘說不出話來。

胎記算是證據嗎？胎記有可能是天生的，也有可能是後天加工的。如果是天生的，頂多也只能證明我太不關心自己的妻子，況且，胎記隱藏在茂密的長髮之下，本來就很容易被忽略。再者，倘若胎記是後天的，那隨便一個刺青師傅都能弄出如此簡單的圖形。

海鷗胎記能夠證明小喬不是之青嗎？我很懷疑。

我忽然想起了網路上的一段敘述：多重人格不盡然知道彼此的存在。也許之青並不曉得自己變成小喬了？又或者，之青不是人格分裂，而是遭遇了某見事情造成失憶？也許某一天她摔了一跤，腦神經錯置後又重新接線，就變成了另外一個女人？

多重人格或者失憶，需要更多的測驗與查證，目前還無法斷言。

我放棄朝逼她承認自己是之青的方向挺進，一時之間想不出任何婉轉的說詞，只好喃喃地連聲道歉。「對不起，我不知道自己怎麼會這樣。」

小喬沮喪地垂下頭，她關閉打蛋器的電源，頹然說道：「菜單上剩下來的部分，也許我獨自一人工作會比較好。」

我花了不少時間閱讀《淺談躁鬱》——那本從圖書閱覽室借回的書。

書中的篇章大多著墨於躁鬱症患者的心理變化，包括躁期和鬱期之間的轉換，以及周遭的親朋好友如何以平常心應對。其中令我最感興趣的，莫過於「解離症」，也就是人格分裂症的章節。

內容主要是在闡述如何辨別解離症，人格分裂很容易和一般精神疾病搞混，因為情緒起伏的落差和產生幻覺的症狀會讓家屬錯以為是不同人格，事實上，解離症是單向、獨一無二且複雜的，解離症的病人可能同時患有躁鬱症，而患有躁鬱症不代表就是解離症。

我看了幾個列舉的案例，反覆推敲小喬是否符合內容中的任何一項，結果只是再次驗證小喬的確有人格分裂的可能，而且可能性很高。

可是，要確認一個人是否有多重人格，必須經由精神科醫師的專業評估，網路上也有些可以自行填寫的測驗題，但我不認為小喬會願意配合。

小喬或者之青，這個女人有甜點師傅的巧手慧心，也有幼稚園老師的循循善誘；她像小喬一樣溫柔貼心，也像之青一樣堅強獨立。她可以既是穆思喬，又是季之青。現階段還無法判斷究竟是人格分裂還是失憶，反正兩種都有可能。

我把玩著今天從烘焙坊偷來的小湯匙，希望上面沾有小喬的去氧核醣核酸——口腔粘膜，有了這支湯匙，再找出含有之青ＤＮＡ的物品，我就可以將兩樣東西一起寄給科學實驗室做ＤＮＡ

鑑定。

我左思右想，一個念頭忽然如電光火石般劃過腦海，猶記得新婚之時，每當我保養樂器的時候，之青就會膩在旁邊幫忙，也許她有在樂器盒裡落下頭髮。我趕忙將阿道夫取出，仔細檢查樂器盒內的襯裡，深色的布料是紅髮絕佳的藏身之處，但願老天爺眷顧我，能賞賜給我一根之青的頭髮，哪怕只有幾公分也行。

經過一輪嚴密的檢視之後，我果然在盒蓋的夾層處撈出一截絲線般的紅色細髮。太好了，事實勝於雄辯，等到相符結果出爐，小喬再怎麼否認也沒用了。我的戶頭還有一點點存款，應該能負擔得起。

天哪，我好累。上一次這麼孜孜不倦地鑽研學問，八成是恐龍還活在地球上的時代吧。我闔起書本，將之塞進枕頭下方，然後瞟了毫無用處的臥室門鎖一眼，又將書本取出，改為藏進枕頭套內。

一番折騰以後，飢餓開始在胃裡翻轉，我揉揉酸疼疲憊的眼睛，決定先下樓吃晚飯後再做打算。

我步出電梯走向餐廳，看見路姊一如往常地在流理台旁忙碌著。她背對著我，踮起腳尖自碗櫥的上層取出一個淺缽和杵棒，接著將檯面上的藥袋打開，取出某種白色的小藥丸，放入缽內開始搗碎研磨。

「有人生病了嗎？」我出聲問道。

「天哪！」路姊霍地轉身，單手撫胸說道：「小畢，你嚇了我一大跳！」

「抱歉。」我說。

「不要緊，我只是在弄葛女士的維他命。」路姊回過身去繼續工作。

「我們平常不是都吃那種膠囊的？怎麼換了？」我問。

「喔……」她謹慎地斟酌用字，「之前那種膠囊對葛女士的效果不太好，所以幫她又換一種。小畢，麻煩你幫忙擺餐具好嗎？我買了麵包、優格和水果，已經放在桌上了。」

「晚餐吃優格和水果？難道現在是齋戒月？妳是伊斯蘭教徒？」我詫異地問。

「晚餐？」路姊狐疑地回頭瞄我，「現在是早上七點。」

「是早餐？唉呀，這下就說得通了。」我拍了拍額頭。心想原來自己為了那本書廢寢忘食，難怪現在覺得眼睛都快睜不開了，肚子也餓得直抗議。「馬上去。」

等我將餐桌準備好，小史和葛女士也下樓了，小開普敦B棟的成員們再度齊聚一堂，在各自的老位子上享用每日的第一餐。

「天哪，今天的麵包真是新鮮可口，月河鎮的麵包總是很棒，託路姊的福，小開普敦B棟的早餐麵包則是全月河鎮最棒的！」小史大喊。

每天早上他都像剛充飽的電池一樣亢奮，大家都曉得他熱愛工作，全月河鎮的人都聽他誇耀過那份福利優渥的街頭藝人合約，然後隨著他外出工作、午餐、工作、回到公寓，續航力就會逐漸降低，然後在晚餐過後變得委靡不振，早早上床睡覺。

我的工作合約也不錯，只是我不像他那麼諂媚，逢人便說自己有多熱愛月河鎮。

「葛女士，今早好嗎？」我邊吃優格邊問。

「妳的孫子最近有來探望妳嗎？」小史看準風向，順道提起葛女士最討厭的年齡話題。

「什麼孫子？我才二十歲呢。」葛女士正在和一塊起司奮戰。

「您若是二十歲，那我肯定還沒出生啦，此刻我一定是在做夢，天哪，這棍子麵包皮脆內香，真好吃，我現在更肯定是在做夢了。」小史咧嘴一笑，把麵包塞進嘴裡。

「好吃就多吃點吧，你有幸和二戰以後最厲害的女情報員同桌共餐，可千萬要好好珍惜這難能可貴的機會啊。」葛女士意興風發地說。

「妳以前是情報員？」我一怔。按照常理判斷，情報員通常不會這麼坦白。

「她不是第一次這麼說了啦。」小史賊笑。

「要不是我，第三次世界大戰早就開打了。」葛女士強調。

「是是是，我相信文藝復興肯定也是您的功勞。」小史猛點頭。

葛女士斜睨小史，質問道：「說，你是哪家報社的記者？想從我這裡挖出什麼消息？勸你別做夢了，我的口風很緊的。」

「火星日報。」小史嬉皮笑臉地說。

「好了，小史，別逗她了。」路姊正色道：「葛女士明天想要外出，你可以陪她去嗎？」

「外出？去哪兒？」我漫不經心地問。

「羅密歐與茱麗葉的巡迴公演，在國家歌劇院。」路姊答。

「這算是個約會嗎？」我推推小史。

「當然不是！離開月河鎮一定要有人陪，我可不是男伴，充其量就是保鏢而已。」小史說。

「啊！羅密歐，羅密歐，為何你是羅密歐？否認你的父親，放棄你的姓名；如果你不肯，那麼只消發誓作我的愛人，我便不再是卡帕萊特家的人。」葛女士伸出雞爪般滿是褶痕的手，對小史拋出媚眼。

「別這樣，你我都超過跳舞的年齡了。我們是在浪費時間。」小史配合演出，唸起了劇中的台詞，接著哈哈大笑起來。「好啦，剛好我也喜歡這齣戲，我可以陪葛女士去。」

餐桌上的愉快氣氛讓眾人胃口大開，我們像是蝗蟲過境，一下子就掃光了碗盤中的優格和水果，麵包也吃得只剩兩小塊。

路姊、葛女士、小史與我雖然相處時間短暫，卻共同撐起了小開普敦B棟的日常生活運作。我沒有家人，也少有走得近的朋友，這輩子除了和之青的婚姻以外，這樣唇齒相依的關係算是最為深厚的情誼了。

吃飽喝足以後，氧氣和熱量再次帶動身體機能的運作，小史和路姊正在討論晚上的菜單，一種擁有歸屬的感受觸動我的心弦，我感到心情大好，覺得自己可以對室友們暢所欲言。

沒有考慮多久我便下定決心，一個話題結束的短暫片刻，我毅然決然拋出了心中的疑惑。

「不曉得鎮上有沒有心理諮商師？」我放下叉子，打破沉默。

「你想做諮商？」路姊轉頭問我。

「不是我本人，我只是想替一個朋友問點事情——」我回答。

「老天爺！」小史打斷我。「你該不會是在講你幻想小喬是你前妻的那件事情吧？我還以為你只是隨口說說，原來是認真的？」

「不是前妻，是離家出走的妻子，而且我有證據。」我禮貌地表示。

「你為什麼這麼執著？」他又問。

「欸，我也說不出個所以然來。」我揉揉眉心。

看得出來小史對於舊話重提顯得興趣缺缺，他是個往前看的人，對他而言，追逐未來比回顧過去有意思多了。路姊向來理性，平靜無波的臉上看不出任何表情。葛女士則沒有意外地雙眼一亮，新鮮有趣的消息是灌溉她平凡生活的養分。

「小喬是你逃跑的老婆？」葛女士睜大雙眼。「她為什麼要跑？你打老婆嗎？天哪，看不出來你是會施暴的人哩。」

「我不會打老婆。」我回答葛女士，接著又對小史說道：「還有，我已經親口問過小喬了，她不承認自己是之青。」

「當然啊，這實在太荒謬了。」路姊放下餐具，正色道。

「小喬和之青長得實在太像了，世界上怎麼可能有兩個一模一樣的人呢？所以我上網查過資料，我認為她可能是遭逢意外導致失去記憶，或者是人格分裂症。」我說。

小史對我的推論報以挑眉神情，因為這和他聽到的留言不謀而合。另外，我也注意到每當路姊聽到小喬的名字，就會不由自主地繃緊肩膀，雖然她裝得毫不在意，肢體語言卻洩漏了她的情緒。這很容易理解，身為推動月河鎮市政運轉的一員，路姊當然會關注鎮上所有不尋常的事情。

「繼續說。」葛女士興致勃勃地對小史說：「嘿，狗仔，這下子你有新聞可以寫了。」

「除了外表極為相似以外，小喬會對不同的人說出不一樣的家庭背景，有時候也會表現出健忘和失憶的情況，這有可能是幾種人格在相互轉變，或者喪失記憶片段，所以拼湊出似是而非的回憶。」我說。

「她會不會只是喜歡瞎掰而已？」小史問。

「不可能，我拼命回想小喬行為舉止中的可疑之處，卻毫無斬獲。她說話的時候眼神篤定，就算要她把手掌壓在聖經上宣示都行，可見她不是扯謊。」我說。

「太誇張了，你確定小喬和你的妻子真的長得完全一樣嗎？」路姊質疑。

「當然會有些許差異，像是小喬個子比較高、外表比較年輕，耳朵後面還有個胎記。不過這些都是能靠外科手術解決的，不是嗎？」我努力捍衛自己的推論。

「聽起來很牽強，我想不出任何她應該整形的理由。」小史說。

「離開我啊！她當初為了翹家，不就趁著白天上班時間打包所有行李？為了讓我認不出來，動個手術或是微整形也不是不可能。」我堅持。

「你的意思是，小喬不是小喬，她根本是另外一個人？」葛女士再三確認。

「對。」我說。

「你有聽到自己的臆測多麼荒謬嗎？是你想太多了。」路姊起身往廚房走去。「冰箱還有一點藍莓，誰要來一點？」

「不了，謝謝。」小史高聲回答，繼而低聲說道：「你能不能放棄當個偵探，做好音樂家就好？」

「如果是你，有辦法不去追究？」我抬起下巴。

「我敢說，世界上長得很像的人一抓就有一大把，不是有一個網路應用程式就是專門比對臉部特徵的？一個黑人和一個白人也可以有九成相似的五官呢。」小史又說。

「不只是長相，連給人的感覺、思維的方向和飲食習慣都一樣嘛，你到底幫不幫我？」我不耐地說。

「不幹。」他回答。

葛女士突然拍手叫好，她興奮地說：「真是太精采了！連我都沒發現小喬有好幾種人格，她一定受過特務訓練！」

路姊回到座位坐下，以命令語氣說道：「葛女士，別胡鬧了，快把早餐的維他命吃掉。」

「好嘛。」葛女士吞下搗碎的錠片，欣喜的眼神依然在我身上逗留。

我搖搖頭，這個老太太要不是想像力過於豐富，就是腦袋有問題、病得不輕。這時，我突然對葛女士剛剛吞下的粉末起了疑心，路姊將橘黃色的膠囊換成白色錠片，說是替葛女士更換維他命，但是，誰曉得這些藥丸究竟是什麼？

本來我是希望室友們可以充當我的智囊團，卻演變為小史根本不想搭理，葛女士則只想胡鬧，三個人裡頭最奇怪就屬表裡不一的路姊，現在又加上可疑的維他命……我真後悔自己一時衝動說溜了嘴，這下可好，他們不僅不信任我，還把我當成了神經病，搞不好從明天開始，路姊就會餵我吃和葛女士相同的藥了，然後我們全會腦子打結。

「大家別胡亂揣測了，葛女士都快被你們弄糊塗了，最近她的狀況已經很不穩定，要是太過興奮，我還得請醫師幫她開鎮定劑呢！」路姊語帶責難。

「那她到底是人格分裂還是失憶？」小史以手指敲著桌子問。

「這個還沒辦法確定。」我訥訥地說。

「所以，小畢懷疑月河鎮裡有個患有精神疾病的瘋子？天哪，這裡的所有員工都辛辛苦苦地讓自己有所價值，並且努力爭取下半年度的合約，月河鎮怎麼能把工作職缺隨便讓渡給一個騙子還是瘋子的女人？」小史的反應大出我所料。他忿忿地說：「我們應該向議會舉報小喬。」

「不對！我們應該先請醫生替她看看，不要貿然毀了一個女人的後半輩子！」我驚叫。

「她擺明了大有問題，不然你希望我們怎麼做？姑息養奸？等到她某個兇手人格冒出來拿刀子殺人以後才承認錯誤？」小史堅持。

我對小史怒目相視，心頭燃起熊熊烈火，這個傢伙居然為了工作寧可出賣室友？虧我還對他掏心掏肺、虧他還與我稱兄道弟！真是可恥至極。

「無論小喬是怎麼回事，我都要負上大部分責任，她肯定不是故意的。誰檢舉她，誰就是跟我作對！」我咬牙道。

「夠了！這個話題到此為止。」路姊霍地起身，椅子砰然倒地。她的臉部因憤怒而扭曲，眉心的皺紋彷若一道深刻的溝渠，高聳的影子將我們籠罩。「沒有人有毛病，也沒有人要舉報，這件事就當沒發生過，不許再提了，否則我會親自請議長針對散播流言做出懲處。」

一向冷靜自持的路姊居然發了那麼大的脾氣，一時之間宛若天崩地裂，讓葛女士斂起笑容，小史與我也給嚇得噤聲。

餐桌上頓時鴉雀無聲，眾人面面相覷，這樣倒好，反正我寧可自己從來沒提起過。我完全沒想到開誠佈公會給小喬帶來麻煩，也沒想過室友們居然一點同理心都沒有，真是讓人氣餒。本來我還想請路姊替我寄給實驗室的信，看來那封裝有證物和支票的郵件，還是由我親自送去議會裡的郵局比較妥當。

這時，屋子裡的電話鈴響了，路姊凌厲的眼神掃過我們，她扶起椅子，收攏了她的裙擺和怒氣，離開餐廳時兩只拳頭依然捏得很緊。

葛女士垂頭喪氣地瞪著桌面，小史則別開臉，不願與我有視線接觸。我趁機將杯子旁的維他命偷偷掃進褲子口袋，然後若無其事地喝了口水，假裝已經完成了每天早上例行公事。

我們像是受罰的孩子般乖乖待在桌邊，兩分鐘後，路姊緩緩放下電話，回到座位。

「誰打的？」葛女士嘟噥。

路姊沒有回答，她緩緩垂下頭，雙手覆在臉上，十指插入髮間。再抬頭時，眸子裡的怒氣和光采均已熄滅。「王媽媽死了。」她說。

第十章

28歲

「親愛的，今天請假在家陪我好嗎？」小畢躺在床上耍賴。

「你今天不用出門嗎？」之青正在換衣服。

「今天沒有心情工作。不如妳也向幼稚園請假，我們窩在家裡一天，看看電視吃吃東西什麼的？」小畢懶洋洋地說。

「你又來了，唉，今年評鑑的日期就要到啦，最近我忙得都快瘋了，羅老師的班上又有一個比較讓人頭痛的小孩，她自己搞不定，一天到晚來找我求救。」之青換好衣服，開始梳頭髮。

小畢匍匐至床鋪邊緣，一把將之青攔腰抱起，扔回床上，兩人又嘻嘻哈哈地鬧了一陣。

小畢將鼻子埋進妻子散發幽香的紅髮裡。「幹嘛那麼認真？人生只有一次，應當及時享樂。」

「帳單可不許我們成天逍遙自在呢。」之青推推他，正色道：「對了，昨天的報紙上有說，

市立管弦樂團正在招募新人，你要不要去應徵看看？」

「不要，我不喜歡團體生活，也不喜歡看人臉色。」小畢鬆手。

「可是公立的樂團比自由接案有保障，工作時間和薪資都比較穩定。」之青不死心。

「妳知道我的，我有社交障礙，最不喜歡阿諛奉承，可是只要在一個團體之內，就免不了需要吹捧上司，對我來說太痛苦了。妳不也討厭那個叫做羅老師的老師？」小畢說。

之青愕然，經年累月的相處，讓丈夫清楚知道如何堵住她的嘴。

「現在自由接案的收入也還不錯，我又可以自己決定上班時間，有什麼不好？」小畢問。

「好吧。」之青體諒地說。「噢，差點忘了，週末和我的家人一起吃飯好嗎？」

「為何？」小畢問。

「沒什麼特別原因，不就是我的父母想我了嘛？」之青難得地撒嬌。

小畢卻沒有買帳。他說：「妳自己去吧，我真的無法忍受妳家人看我的那種眼光，好像他們期待的是個家裡開古董拍賣行的小開女婿，而不是落魄的音樂家。」

「他們才沒有嫌你是個落魄的音樂家。」之青說。

「好吧，我收回落魄兩個字。」小畢皺著臉，央求道：「下次我們再一起去，這次先幫我推掉好不好，拜託？」

「嗯。好。」之青低聲道。

接著她若無其事地重新梳髮、化妝、穿鞋，臨出門前，之青偷偷瞄了丈夫一眼，他依然無動於衷。闔上的大門擋住了屋裡的小畢，卻擋不住之青的失望，苦悶悄悄在這名新婚婦人心裡打了個結。

第十一章

薩克斯風堪稱十九世紀最偉大的發明，為人類帶來愉悅且夢幻的樂音，後人稱之為「魔鬼般的聲音」。

我將下嘴唇往內縮、上嘴唇平放，肩膀鬆弛地含住吹嘴，彎曲的手指輕巧地貼合按鍵，像是依偎心愛的戀人。我的阿道夫是一個經過深思熟慮的發明，以銅管管身加上木管簧片，靈感來自低音豎笛，音質清脆且具有穿透力。

我手中的這把降E調樂器是薩克斯風家族中最具代表性的成員，音色華麗甜美、悠遠迷人。它有電鍍黑色的管身和白色貝殼按鍵，使用的是義大利進口防水皮墊和葡萄牙進口原生軟木，全由純手工精緻雕刻。

能夠以吹奏薩克斯風為職，我由衷感激阿道夫・薩克斯先生。

阿道夫・薩克斯先生是我的偶像，他是比利時人，父親是宮廷御用的樂器製造家，自幼接受正規音樂教育，學習歌唱、長笛、單簧管等樂器，除了身為音樂家之外，他還擁有數學家、教育家和發明家等專業。

我的偶像一生波折離奇，他兩歲的時候從樓梯上摔下來，頭部撞到石頭，不省人事昏迷了一個禮拜。三歲的時候在父親的工作室裡誤將白色硫化鋅當作牛奶喝下，因而瀕臨死亡。十歲時又掉進河理差點淹死，後來還因為好奇而點燃火藥，讓他的身體有一半被燒傷，頭部也滿是傷疤。

可嘆的是，他徒有才華，卻從未因此發財，來自其他樂器製造商的惡性競爭，導致他一生經歷三次破產。儘管如此，他依然窮其一生盡力推廣薩克斯風，精神可敬可佩。

向室友們開誠布公後，我和阿道夫•薩克斯先生一樣，遭逢人生的重大阻礙。

葛女士就不用提了，每當她吹噓起那段當情報員的陳年往事，我都摸不透她話中究竟有幾分真假。我唯一的心得便是感慨英雄氣短、美人遲暮，二十歲時再怎麼精明能幹的女人，到了八十歲，腦袋終究會與身體一起老化，就像過了保固的機器一樣面臨報廢，不勝唏噓。

至於路姊，我想我驚天動地的推論已經超過她所能理解與承受的範圍，她是個可靠的室友和員工，可是做事情太一板一眼，在她心裡，大概覺得我像是那種老愛找碴的問題學生。路姊十之八九不會對我伸出援手，這點從她對小喬和之青是同一人的抗拒反應就可略之一二。

話說回來，路姊掌握的資源和人脈很多，又是我的朋友中、唯一一個可自由進出議會的人，如果要她幫忙，我得找出更有力的證據說服她才行。

真正耐人尋味的是小史。小史對街頭藝人的工作懷抱高度熱忱，月河鎮提供的待遇優渥，一份半年期的工作合約又比在城市之間遊走穩定得多，既然嚐過了甜頭，自然難以擺脫。現實的利爪已經牢牢抓住他，就像獵鷹逮到兔子一樣。

這也難怪了小史一直對小喬懷抱敵意，打從一開始，他就把其他月河鎮的短期約聘員工當作競爭對手，雖然蛋糕烘焙師傅有其專業上的不可取代性，但仔細想想，如果月河鎮付給員工的薪資總額是固定的，那麼其中一個人的薪資降低，就表示其他人有提高的機會。說不定小史從路姊那邊打聽過類似的小道消息，而居民對小喬的偏見又深化了小史不友善的態度。

我佔據噴泉廣場上的老位子，憑著感覺吹奏一首藍調爵士，思緒則如飄忽的雲朵。當一件事情拿手到像呼吸那麼自然時，就可以輕輕鬆鬆一心二用。

噴泉廣場和商店街的十字路口旁，小史正在進行一項催眠表演，也不知道是真是假，反正他的觀眾大多已屆古稀之年，糊塗的心智就算沒有被魔術操弄，也已經飽受歲月侵蝕。

我倆隔著人海遙遙相望，某一個瞬間，我似乎看見小史意味深長地瞄了我一眼。小史就像是磨刀霍霍的屠夫，小喬就是那待宰的羔羊，可悲的是，這頭小羊還是我親自帶到屠夫面前的。我想我該儘快找個時間和他聊聊，我需要一個非常好的理由來說服他放下屠刀，否則我就得自己當那隻羊了。

謎團晦暗不明，王媽媽突然暴斃更是雪上加霜。

我始終認為王媽媽死因可疑，根據轉述，王媽媽是在洗澡時突發心肌梗塞，倒下的剎那頭部撞擊地板，兩者達到相乘的作用，讓她老人家迅速斷了氣。王媽媽平時洗澡都有看護幫忙，那天不知怎麼搞的，硬是不讓別人進浴室，誰想得到老太太一個頑固的念頭，竟成了死神的邀請函，看護的軟弱退讓無疑是給死神鋪上了紅毯。王媽媽倒地時造成的撞擊聲引起了室友的注意，眾人發現後立刻對她施行急救，可惜於事無補，後來那名看護也引咎辭職。

但是，醫學常識貧乏如我，也對構成心肌梗塞的因素略之一二，用藥過量是其一，受到驚嚇也有可能。放眼望去，全月河鎮唯獨一人有殺人動機，除去王媽媽，便能掩飾前後不一致的說法，兇手昭然若揭。雖然我憎惡自己萌生將矛頭指向小喬的念頭，可是我無法不去懷疑，為何王媽媽與小喬聊天過後不久便暴斃身亡？

小喬的高度正好比王媽媽高出一個頭，說不定頭上的傷其實是鈍器所致，慌亂之間，看護也不一定會注意到屋裡還有別人。況且，小京都區和小蘇活區就在隔壁，兩人還有地緣關係。有了動機以後，就必須推敲行凶犯案的合理性。小喬是如此柔弱的女子，比起她還是之青的時候更瘦了一圈，何來能力和膽量謀殺一位老太太？莫非失憶令她性格大變？還是說，解離症中還有隱藏的第三種冷血人格沒被發現？

我對小喬的信任像是鬆動的基石，讓兩人之間的連結逐漸坍方。一想到曾經最為親近的伴侶搖身一變為陌生人，我就感到悵然若失、心亂如麻……

就在我一個不留神的時候，突然間，我的指法不再流暢、吐息也不再平穩，下一秒，薩克斯風沉默了……

我僵立原地，不敢相信居然發生這種事，我從來沒有在演出時忘譜過。指尖的涼意迅速竄入心底，我試圖想起曲子，腦中卻只有空洞平行的五條直線，五線譜上一片空白。然後我想要從頭來過，我的身體卻違抗了我的命令，連第一小節的第一個音符都遍尋不著。

表演中斷了，現場聽眾一頭霧水，他們還不知道是我犯了錯，只是傻盯著我看。接著少數人開始感到無聊，飄忽的目光往小史熱鬧的魔術表演挪移，然後腳步也跟著移動了。

「抱歉。」我清了清喉嚨，掩飾顫抖的聲音說道：「不太舒服，今天先到這裡。」

我年邁的聽眾們露出諒解神情，老劉和他的看護還特地走上前詢問我的健康，打算推薦一位醫生替我做點檢查。

我匆匆謝絕兩人的好意，收拾樂器落荒而逃，臨走時他們仍不斷對我投以關切目光，旁人的善意卻只是加深我的羞赧和歉意，演奏本是音樂家的天職，沒有機會演奏的音樂家擁抱遺憾，沒有能力演奏的音樂家則懷抱殘缺。當優越的光環成為枷鎖，職業成為存在的定義，所帶來的負擔著實令我舉步維艱。

之後，我沒有直接回小開普敦，反而繞到情人湖去，坐在湖畔的靠背長椅上發呆。接下來的大半個下午，就如一場夢似的過去了。自責惱怒與難以置信兩者彼此糾纏，在我心中拉鋸了很長一段時間，勝敗難分軒輊。

到底是怎麼了？所有表演曲目的所有音符甚至表情符號我都瞭若指掌，況且就算不特別記譜，日積月累的練習也已經將指法化作自然的身體反應，手指擁有自己的記憶。我是不看譜的，我寧可閉上雙眼，專心將每一個音符表現得淋漓盡致。

難道是因為用藥的關係？我已經連續幾天沒吃路姊準備的維他命了。還是因為我太過糾結於小喬的問題，導致演出失常？

我真的很想相信小喬，卻又不得不懷疑小喬……連續好幾個小時，我不斷推翻自己的想法，不停地在兩個相悖的立場之間游移。

小喬是個溫柔和善的女子，她在情人湖時幫助過那位走失的老先生，也在蛋糕店內安撫過渴望生日蛋糕的老太太，她秉性善良，這點和之青一模一樣。我確信她的每個眼神和每句話語都是百分之百的真誠，如果她有所隱瞞，我肯定不會放過任何一個閃爍的目光和心虛的語氣，可是這些她都沒有。

她肯定不是殺人兇手。

不是……嗎？

夜色悄然無聲地爬過丘陵，覆過小鎮。

弦月低頭俯瞰月河鎮，散落的星子好似月光的碎片，我好想替月亮和自己拾起丟失的碎片。

回顧自己過往的人生，修飾的說法是瀟灑不羈，說穿了就是自我放逐，我的生命始終在音樂、女人、音樂、女人的無限循環裡面，有時候音樂多一些，有時候女人少一點，後來對愛情的索求降低，添上了偶爾幾杯小酌，妻子便決定從婚姻的戰場上撤退。

我想，是我自己毀了音樂和女人的黃金平衡。嗯，啤酒倒是很久沒喝了。

想當初，我帶來月河鎮的行李，除了幾件衣服、薩克斯風之外，就只有滿腹疑問了。我不能放棄，也沒有任何退路，我必須貫徹阿道夫・薩克斯先生堅決得出奇的意志力，不再逃避，也不再耽溺於挫折之中。我要去找小喬說清楚。

我已經擬定策略，測試她是否失憶的最好方法就是不斷以往事刺激她的記憶，幫助她回想起來；而辨別她有否人格分裂的方式則為各個擊破，對之青的人格動之以情、對小喬的人格說之以理，至於那不確定究竟存在與否的第三種兇手人格嘛……我決定恩威並施，必要時可以用挑釁的方式誘她現身。

我回到小開普敦，打了通電話到「舌尖上的芭蕾」想約小喬見面，店員卻說她已經下班了。不過聰明如我，立刻向對方打聽到小喬位於小蘇活區的公寓，有了地址，就只差一個出門時搪塞的好理由。

今晚的用餐氣氛不似往日熱絡，我們有一搭沒一搭的閒聊，席間沒有再提起小喬的名字。

夜間八點，趁著葛女士窩在二樓的房裡，路姊和小史在廚房洗碗善後，我從起居室內搜出一支小型手電筒，披了件薄外套後準備偷溜出門。臨走前，我還聽見兩人斷斷續續的談話聲——

「沒辦法，我們是多年的好朋友了。」路姊說。

「即便如此，妳這樣要求我還是太過分了。」小史說。

輕輕的喀噠一聲，大門在我身後闔上，兩人的聲音也被關在屋內。

低垂的夜幕將整個小鎮染成黑色，晚餐過後的暇餘時光，老人家多半已經準備就寢，要不就是坐在電視機前打瞌睡，所以一路暢通，沒遇到半個認識的人。

自小開普敦區右轉，我沿著綠榕大道經過情人湖一路快速向前，將衣擺和影子遠遠甩在後頭，我的鞋跟摩擦著石板路，發出的跫音宛若石板喃喃囈語。走了十多分鐘，這才順利抵達位於邊陲地帶的小蘇活區。

小蘇活區充滿自由自在的藝術氣息，不像其他幾個住宅區那樣整齊劃一，這個區域裡的屋子擁有自己獨特的性格。某戶人家的門口垂掛珠簾，頗有吉普賽的民族風格；它隔壁的屋子窗邊擺著幾副鍛鐵打造的面具，牆上還以黑紅線條描繪出幾朵盛開的罌粟花，鮮活的壁畫在路燈下綻放魅惑的色彩，我彷彿能嗅出花朵的香味。

小手電筒微弱的光芒一一掃過門牌，我豎起衣領，像是擔憂行竊失風的小偷般潛行於樹籬之間，在閃過兩個返家的居民以及地毯式搜索之後，我找到了小蘇活區H棟公寓。

我關上手電筒並塞進口袋，躡手躡腳地走過屋前的院子，一股類似梔子花或者丁香的優雅氣味迎面而來。小喬的公寓是一幢別緻的深藍色建築物，二樓有幾面白色的拱型窗戶，一樓起居室前方還有一大片落地窗，我可以清楚看見屋裡的鵝黃色布面沙發和壁爐。

我看見小喬了，她穿著白色洋裝，蜷縮在角落裡的凳子上講電話，只見她一手摀著話筒，還不時轉頭偷瞄起居室後方的餐廳。

兩個女人在遠處的餐桌上聊天，其中一個我認得，是「舌尖上的芭蕾」的麵包師傅，她正單手舉起酒杯，啜飲著一種色澤沉鬱的紅酒。另外一個是大約七十多歲的老太太，我對她的五官沒有印象，老太太雙手握著浸有茶包的馬克杯，估計是在喝花草茶。這時麵包師傅不知說了什麼有趣的事，惹得老太太放聲大笑，手裡的茶水也激動得濺出杯外。

小喬突然掛上電話，起身走向電梯，然後消失在視線之內。接著，二樓的燈亮了，我蹲踞在屋角的陰影內抬頭仰望小喬的臥房，她終於獨處了，可是我該如何誘使她走出公寓？

我絞盡腦汁，使勁按壓鼻樑，我又不能大喇喇的去按門鈴，也不能破窗而入。難道要用最古老的方法，朝她的窗子扔石子？唉，一點兒都不困難，如果我能飛簷走壁，問題便迎刃而解。

不，如果我能飛簷走壁，就可以直接進去二樓房裡找她了，再不，也能神不知鬼不覺地潛入她的臥室，我就不相信除了項鍊以外，她沒有保留任何屬於之青的物品，起碼有信件和帳單必須處理吧？

正當我苦思未果，一瞬間，臥室的燈熄滅了，我的心也跟著涼了半截。微風陣陣襲來，樹叢也沙沙作響，像是在嘲笑我的猶豫不決浪費太多時間，現在我只能選擇坐在地上耍賴和大步走開，因為殘存的自尊不斷向我揮手，所以我選擇後者。

我自屋角起身，搥了搥發麻的小腿準備離去。這時公寓大門忽地敞開，是小喬！我的心臟差點衝破嗓子，趕緊蹲回原位。

小喬套上黑色的連帽風衣，她將帽兜拉起，回頭闔上公寓大門後步入夜晚的幽暗之中。這麼晚了，她要上哪兒去？

沒有考慮多久我便決定跟蹤。

夜裡的月河鎮宛若死城，靜得可以聽見小喬踩在石板路上的規律跫音。小喬貌似心事重重，她低下頭縮緊身子，雙手環抱自己抵擋入夜的冷風，幾縷溜出帽兜的長髮在空中飄揚。

我一路尾隨在後，保持二十公尺以上的距離，以免路燈下細長的影子洩漏蹤跡。

她的目的地是哪裡？打算做什麼？想要見什麼人？

我把和小喬攤牌的計畫擱在一旁，決定先弄清楚她的祕密。說不定今晚能有偵查上的重大突破，到底是解離症、失憶症還是單純的說謊，也許馬上就要水落石出了。

終於我們抵達噴泉廣場，我躲在路燈後方，看著小喬逐步登上議會的臺階，翩然消失於這棟代表著權力、全月河鎮最宏偉的大樓之內。

老天爺，小喬和某個議會的員工有見不得人的關係？所以才挑在夜闌人靜時私下會面？

一隻無形的手握住我的心，一邊扭轉一邊捏緊，我強忍作嘔的衝動奔上前去，三步併作兩步躍過臺階，在露台上停下腳步。我把耳朵貼在議會的大門上，再三確認門內沒有聲音後才緩緩推開大門。

一樓已經下班熄燈了，廊間瀰漫消毒水的氣味，這樣好辦得多，我只要找到那間開著燈的辦公室，就能找到小喬。

我掏出口袋裡的手電筒，開啟電源，四處探照打量了一番。大樓裡頭和外觀一樣富麗堂皇，挑高的大廳十分寬敞，足以舉辦可容納四十人的小型舞會，挑高的象牙色天花板上飾有浮雕邊條，地板則是磨光打亮的大理石，每一塊拼接處的花紋都仔細對齊，作工精細可見一斑。

大廳兩側各有一台電梯，前方也有鋪上地毯的弧形階梯，我避開風險較高的電梯，以免打草驚蛇，選擇踏在毛茸茸的地毯上，每一步都輕手輕腳，彷彿踏在初春融雪的冰湖之中。

攀爬樓梯的時候，我告誡自己必須屏除心中雜念，無論等會兒目睹的情況再怎麼不堪，都絕對不能輕舉妄動。任性妄為害慘了我的婚姻，千萬別讓脫韁野馬般的脾氣再度踐踏小喬和我脆弱的關係。

有限的光源領著我小心翼翼踏出每一步，二樓長廊則像沒有盡頭似地無限延伸，尾端為黑暗所吞噬。廊道中的某間辦公室內閃耀著微弱的光芒，如果我的推測沒錯，那盞燈光應該就是為了小喬而點。

我把手電筒關閉後塞回口袋，還乾脆把鞋子給脫了下來捧在懷裡，現在我腳上只套著一雙襪子，可以無聲無息地靠近。我咬牙逐步逼近，亮光彷彿是夜裡的一簇鬼火，是啊，搞不好到頭來前方等著我的，正是埋葬我挽救婚姻期望的墳場。

隨著距離縮短，燈光也趨於明亮，接下來，我發現了一件驚人的事實：小喬不只是和某位議會員工有關係，她是和最位高權重的那位議會員工有關係！

辦公室門口的燙金名牌上清楚寫著：詹譽中議長。

兩道人形輪廓映在毛玻璃的窗子上，一個是高大的男人，另一個則是蓋上帽兜的女人，我感到心頭一緊，鞋面硬挺的皮革也被捏得變形。我想離開，雙腳卻像被鎖上鐵製腳鐐般沉重。

眼前的一男一女正在激烈交談，他們一邊說話一邊用力比手畫腳，火藥味十分濃厚。

此一情勢為我帶來新的力量，我暗自忖度，說不定他們不是在幽會，說不定小喬是為了公事而來，兩人卻一言不合吵了起來。我幸災樂禍地把耳朵貼近牆面，隱約的談話聲宛如裹了一層棉被，讓模糊不清的爭執聽起來像是呢喃低語。我不禁皺眉，也罷，月河鎮的資金充足，議會大樓的牆壁具有隔音效果也是理所當然。

雖然斷斷續續的字詞無法拼湊成完整的語句，辦公室裡的火爆氣氛還是令我暗暗高興，我向後退開，心想既然側耳傾聽也聽不出個所以然來，不如緊盯毛玻璃上的人影，從剪影的互動中釐出頭緒。

我凝視窗子，像是認真看著一齣難懂的默劇——

詹議長的體格高大，身材足足有小喬的兩倍寬，身長則多出一個頭。他說話時動作很大，身體隨著音量的起伏而前後搖擺，一隻手抱在胸前，另一隻手則伸出食指，四指向後單指朝前。

如果說詹議長的影子像是一座高聳的山峰，小喬就是那繚繞的雲霧。她纖細、柔弱，雙手摀著臉，肩膀則微微顫動。她在啜泣？我頓覺氣血翻騰，想把掌心的皮鞋朝詹議長扔去。

片刻過後，小喬鬆開臉上的雙手，改為十指交握置於胸前，像是在禱告、又像是在乞求。詹議長瞪著她好一會兒，最後氣憤地別過身去，小喬也跟著離開窗框之內。窗子裡的畫面平靜下來。

我喘著大氣，試著以邏輯替兩人短短幾分鐘的互動做出分析。我做出了三種推測：

第一，有人向詹議長舉報小喬有精神病史。詹議長把小喬找來，對她狠狠逼供。

第二，詹議長早就知道小喬複雜的過去。詹議長給了小喬月河鎮的工作，說不準王媽媽一事，詹議長也是同謀。

第三，詹議長和小喬只是普通的主雇關係。詹議長不知為何對小喬發了脾氣，可能是工作上的事。

第一種和第三種推測都沒有必要約在下班後，這樣鬼鬼祟祟的會晤，應屬第二種可能性最高。

毛玻璃窗子裡頭，詹議長用力揉著太陽穴。小喬隨後回到窗框之內，她的帽兜已經卸下了，動作也變得比較平和。小喬對詹議長他說了些話，隨著好生好氣的安撫，詹議長的雙肩愈來愈放鬆，最後小喬輕輕拉起詹議長的手，詹議長則將小喬擁入懷中……

眼見兩團陰影合而為一，我的五臟六腑如凜冬般瞬間凍結。

我的指甲陷入懷中鞋子的皮革裡，這是什麼意思？是一對吵架的戀人最後上演大和解的意思嗎？莫非小喬和詹議長兩人在交往？不不不，我的推理中可沒有第四種選項。

痛苦宛若浪潮拍打著我的理智，我像是在暴風雨中踽踽而行，剎那間我再也看不見也聽不見，只覺得腦袋裡都是兩人摟抱在一起的倒影，層層疊疊的倒影。

難道正因這層關係，詹議長才替之青換了小喬的身分，並將她藏在月河鎮裡？那為什麼還要邀請我來，只是為了羞辱我嗎？無論是失憶還是人格分裂，詹議長絕對都知情。

我呆立許久，感到羞憤交加，像是被老婆戴綠帽，又像是被人甩了一巴掌。遭受背叛的痛楚撕裂我的靈魂，堅定強韌的決心也所剩無幾。J字項鍊，難道竟是詹議長贈予的定情物品？

我的腳抬不起來，我想我可以如遺世獨立的雕像般一直這樣站下去，長達數個世紀……

也不知是怎麼邁出第一步的，總之，我默默沿著來時的路往回走，腦袋宛如核爆之後的一片混沌。

銀月依舊高掛天空，今晚的月亮卻已不是昨晚的月亮。月光積聚成時光之河，從一天天的日子，到一個個的禮拜，我和我的愛妻在時光的洪流中走散，再難聚首。

之青留下的不只是空盪盪的家，更是空無一物的我的心房。真希望人生能倒轉至二十出頭的年紀，那時我還是個盲目樂觀的小伙子，還沒有在歲月的軌跡裡留下遺憾。

一路步行至小開普敦區以後，我才回過神來把皮鞋穿上，我這才發現，鞋面已經多出好幾道抓痕。

第十二章

27歲

小畢和之青第一次正式約會，就是在魔鬼塔遊樂園。

園區裡人聲鼎沸，大型機具的隆隆運作聲與遊客的喊叫聲盈耳不絕，不過這些聲響對熱戀中的情侶而言絲毫沒有影響，因為無論身在何處，他們的眼中只有彼此的身影，耳畔也只聽得見對方的甜言蜜語，即便在擁擠的遊樂區中，也能充分享受兩人世界。

小畢和之青已經交往了三個月，正是濃情蜜意的階段。這些日子以來，約會彷彿是由一連串的親吻組合而成，兩人的相處總是纏綿悱惻。

「爆米花？」小畢把甜滋滋的爆米花塞進之青嘴裡，之青抿著笑，將頭輕輕枕在男友頸側。

兩人在遊樂園裡玩了一整天，咖啡杯、海盜船、摩天輪和碰碰車都嘗試過了，其中之青最喜歡的是摩天輪，因為可以從高處眺望遠方，飽覽整個園區的景致，將所有遊客——尤其是孩童的歡顏盡收眼底。她害怕高速旋轉和下墜的遊戲，所以其他遊具多半是出自愛意才陪著小畢玩，

從前之青一直認為遊樂園是小朋友去的地方，沒想到大人也可以如此盡興。前男友喜歡帶她去有情調的地方，諸如五星級餐廳、高級俱樂部和私人派對。小畢證明了一件事：營造幸福的關鍵不在於環境，而是和什麼人在一起。只要人對了，就算是做些小孩子的活動也挺有意思的。

只不過之青打死不敢坐雲霄飛車。倒不是說她膽子小，而是那個雲霄飛車實在太過瘋狂。光是三百六十度的轉圈就有兩個，接著還有一次自由落體般的垂直下墜，在抵達終站之前，最後一個關卡是自七層樓的高度俯衝而下，進入深不見底的地面以下。

「天哪，我真不知道自己為什麼會上來。」之青扶著自己顫抖的膝蓋，苦笑著說。

結果她拗不過他的鼓動，還是一起去排隊了。前一輛車已經靠站停駛，車上的遊客們又笑又鬧地下了車，接著柵欄開啟，馬上就要輪到他們出發。

「現在後悔來得及嗎？」之青被人龍推著往前，頓覺頭暈目眩。

「我會保護妳，如果害怕，妳就握緊我的手吧。」小畢親了親她的臉頰，嘴邊漾著淘氣的微笑。

之後的記憶就和眼前橫衝直撞的景象一樣，是由一個個模糊的片段組成，陽光和勁風輪流襲擊她的眼眉，之青只記得自己一下子慌張的睜眼，一下子又恐懼的閉眼，她將指甲用力掐進小畢的掌心，滿腦子只有後悔兩個字。

尖叫聲不絕於耳，之青驚慌失措地咬住下唇，紅髮綁成的馬尾四處飛揚，她覺得自己像是被啣在死神口裡的獵物一樣，被拋擲、被甩動，毫無抵抗能力。

「嫁給我吧？」小畢突然扯開嗓門。

「什麼？」之青的臉皺成一團，不過不是為了小畢的話，而是因為風吹、失速和高度。

「嫁給我，如果妳尖叫，我就當妳是答應了。」小畢吶喊。

接著，又是一個突如其來的大迴旋，之青整個人側向撲進小畢的懷中。坐在他們前面的、後面的遊客哇的喊出聲來，像是興奮，又像是鼓舞。

之青捏緊小畢的手，放聲尖叫：「啊！」

第十三章

園遊會是月河鎮的年度盛事，每年都訂定於最接近夏至的週日。這天清朗無雲，噴泉廣場上撐起了數十枝橘黃相間的遮陽傘，耀眼的陽光和明亮的大傘相互輝映，宛如豔夏中欣欣向榮的向日葵花田。

平時寧靜的月河鎮像是被一陣喧鬧的浪頭淹沒似的，數以百計的人潮湧入，不只月河鎮原本的居民全員出動，許多離開鎮上出外工作的親朋好友也如倦鳥歸巢般回到鎮上。成人的談笑、孩子的追逐和寵物的吠叫不絕於耳，就連有氣無力的老人家們今天也顯得格外有精神。

遮陽傘下坐滿了人，噴泉附近也有三五成群聚在一起寒暄的舊識，即便炎熱天氣使的汗如雨下，大家的臉上仍然掛著陽光般燦爛的笑容。如果說平時的噴泉廣場像是清早的中央公園，今天的規模就是跨年倒數的時代廣場。短短幾個小時之內，平日孑然一身的老先生、老太太們突然子孫成群，在晚輩的簇擁之中共享天倫之樂。

眼花撩亂的攤位確實精采，商家紛紛推出節慶限定的特殊商品，武藏餐廳的「煙火炸雞」和艾莉絲餐廳的「爆炸熱狗堡」隔街打對台，服飾店也拉起換季出清的布條，超市更是將整個糖果櫃都推到大街上。挪到室外的成排貨架沿街擺放，櫥窗也掛上繽紛的彩帶和剪紙裝飾，規模之隆重，就像是夏季裡過起了聖誕節。

四處洋溢著歡欣鼓舞的氣氛，因為居民心情大好，所以汪汪喵喵寵物店的生意也跟著興隆起來，好幾隻我從沒見過的狗狗都被牽出來散步，狗兒興沖沖地拽著牽繩往前衝，臨時的主人則被扯在後面邊跟著跑邊咯咯發笑。

除了商店以外，街頭藝人也全數湧上街頭。畫素描的、做手工藝的、表演特技的和唱歌的都出來了，表演者各據一方，吆喝著招攬觀眾、比拼人氣，小史為了園遊會已經排練了好幾週，聽說他打算以某種隔空取物的魔術技驚四座。

歡樂就像是傳染病，大家似乎都忘了前幾日才參加過王媽媽的追思會。也許是刻意遺忘吧，「死亡」就像是老年人的禁忌話題，無可避免，卻也讓人心照不宣地避不提及，彷彿只要不去想，死神就不會受到召喚來訪。

說來可笑，王媽媽過世的隔天，空出來的房間馬上就有人遞補了。

連著幾天我麻木度日，那夜在議會親眼目睹小喬和詹議長相互擁抱，兩人的剪影深刻烙印在我腦中，明亮、強烈，彷彿是貼在燈箱上的X光片那般清晰，畫面揮之不去。

事到如今，究竟是失憶還是精神分裂都無關緊要了，她早就放下過去，展開新的人生。只有我這個笨蛋依然眷戀過去，雙手緊抓著之青的鬼魂。

回想這段時間以來，小喬始終對我保持若即若離的態度，她兩度主動約我，卻也兩度主動結束，在艾莉絲的餐館那次是提前離開，在蛋糕店的那次則將我趕跑。想來奇怪，倘若她討厭我問問題時咄咄逼人的態度，就不會一而再、再而三的接近我才對。

我弄不清楚她對我的感覺，每當思及之青，我就想像一個貨真價實的音樂家一樣，在演奏中好好的讓情緒釋放，可是眼淚硬是掉不下來，無論曲調多麼哀淒，心情多麼低落，淚腺就像是被冰封了似的毫無動靜，將悲傷與懊惱也凍在體內。

之前我還抽空跑了幾趟圖書館，用閱覽室裡的公共電腦查詢鄰近的精神醫院和身心診所，因為手邊找不到空白紙張，乾脆把網路上搜尋到的「人格分裂測驗量表」抄錄在借來的那本《淺談躁鬱》封底裡，希望能找機會讓小喬測試看看，想來真是傻。

大街上人們來來去去，探望親人或者被探望，上百人齊聚一堂的光景，我卻孤獨無依。

我佔據石砌噴泉旁的老位置，一首接著一首演奏起電影抒情老歌。今天我的演出狀況還可以，因為曲目的選擇上避開了前幾日挑戰的藍調爵士，都是些不需要太多特殊演奏技巧的電影老歌。罷了，聽眾喜歡，同樣我也樂得輕鬆。

偶爾，在樂曲和樂曲之間的休息片刻，我會不由自主地往蛋糕店的方向偷瞄，川流不息的人們遮蔽了我的視野，我只能從幾乎人手一杯的「夏至杯子蛋糕」大概猜想，香氣四溢的烘焙坊裡八成堆滿棄置的蛋殼和麵粉袋，而小喬應像春日裡的蝴蝶般東奔西忙，雙手一邊打奶油霜，眼睛還得一邊盯著烤爐吧。

大約每隔二十分鐘我會休息十分鐘，喘口氣喝杯水，也已經按照這個步調演奏了兩個小時。現在又到了休息時間，我卸下與阿道夫緊緊相繫的背帶，將它放回樂器盒內，站起身來做了幾下伸展，轉轉手臂，舒緩僵硬的肩部和背部肌肉。

「小鮮肉，我們來探班囉。」葛女士臉上堆滿笑，拄著拐杖由路姊攙扶著走出人群。路姊穿著第一次見面時的那套深色裙裝，質感很不錯，袖子和裙擺還有細緻的滾邊，大概是她衣櫃中最適合出席重要場合的一套衣服了，可見她對園遊會有多麼重視。

葛女士則戴上一副比她的耳垂還大上許多的銀色十字架耳環，身上套著那種很多皺折的設計師品牌洋裝，看到她再度以誇張打扮示人，表示她本日的精神狀況良好，我由衷為她感到高興。

「午安，兩位美麗的女士。」我微微欠身。

「辛苦了，壓力很大吧？大家今天都表現得特別賣力呢。」路姊遞給我一瓶水。

「是啊，今天應該沒有人休假。」我接過瓶子，扭開瓶蓋後將礦泉水大口灌下。

「每年園遊會都是最辛苦的時候，因為有最佳表演票選活動。」路姊說。

「小史似乎志在必得，我個人是沒抱太大期望。」我以手背抹去下巴的水。

「放心，我一定會替你拉票的。」葛女士抽開路姊牽著的那隻手，隨即往我臀部上招呼。

「嘿，眾目睽睽之下？」我身子一歪，閃過襲擊。
「我是無所謂。難道你會害羞？」葛女士聳肩。
我苦笑著搖搖頭，問道：「葛女士，今天妳的家人沒有回來嗎？」
葛女士的笑臉瞬間僵化，我察覺到她眼中一閃即逝的落寞。她舔舔嘴唇，下一秒，又故作神祕地悄聲說道：「噓，沒有人知道我在這兒呢。」
「怎麼會？」我快速瞥向路姊。心想葛女士該不會又要鬼扯女情報員那套故事了吧。
幸好沒有。我現在沒耐性聽她胡扯。
路姊若無其事地對我說道：「今年的活動可能會提早結束，氣象預報說會有暴風雨來襲呢，氣溫會下降五度，風雨會持續大概兩天。」
「是嗎？現在萬里無雲呢。」我瞇起眼睛仰望天空。
「是暴風雨前的寧靜吧，近年來天氣變得很怪又很難以預測，跟這世界一樣。」路姊感嘆。
「同意。」我說。
「棉花糖！」葛女士突然興奮地猛敲拐杖，「我們去那個攤子買棉花糖。」
路姊轉頭，朝葛女士指的方向看去。「喔，是安妮的攤位。葛女士，妳先去，我和小畢說一下話，等會兒馬上就過去找妳，別忘了用市民證刷卡喔。」
一陣緊張突擊了我的腸胃，不知道路姊有什麼話打算私下和我說。我們倆凝望葛女士的蹣跚背影與沖沖地離去，直到她安全走至攤位，路姊才轉回身來面向我。

「這幾天你好像特別安靜。」她瞅著我，語重心長地說道：「聽著，我希望你在月河鎮可以開開心心的過日子，不要老是想不開。」

「沒這回事。」我否認。

「可能你自己沒有感覺吧，很多事情我很難對你解釋清楚，不過，如果你心裡還有疑問，希望下次可以私底下和我談，不要當著大家的面說，畢竟家裡只有我是議會的公務人員。」她的語氣輕如羽毛，沉重的字句卻直直落入我的心底。

路姊銳利的深色眼睛上下打量著我，像老鷹鎖定獵物般眨也不眨，我在裡頭看到了不容質疑的權威和脅迫。她以為自己能用溫和的語氣收買我，卻不曉得我善於察言觀色，自有一套探究聲調背後隱藏思緒的本領。

我想起被掉包的維他命，又想起餐桌上毫不留情的打壓，忽地忍不住心生厭惡。真荒謬，路姊要求我對她坦白，自己卻仍舊保有祕密，要不是沒有開罪於她的本錢，我早就翻臉了。

「我和你是站在同一陣線的。」路姊肅穆地說。

「我知道。」我決定虛以委蛇。「可能是最近天氣太熱，我的腦袋也給曬暈了，老是覺得昏昏沉沉的。」

「我能理解，如果有需要就多休息，並不是每天都非得出來表演。」路姊點頭。

「嗯。」我敷衍道。

路姊以一種睥睨的姿態掃視群眾，她說：「你們每個人都是我的職責，我一定會誓死守護月河鎮的安定。」

我聽出她話中有話，言下之意就是如果我膽敢破壞月河鎮的「安定」，路姊就會動手處理她的「職責」，絕不寬貸。

「當然，誰不知道妳就像是月河鎮的人民保姆呢。」我假笑道。要玩，老子就陪妳玩到底。

這時，幾公尺外，一陣騷動引起了我們的注意。

「好像有狀況，我去看看。」路姊拋下這句話後匆匆離去。

我尾隨在她身後，擠入人群之間，只見兩台並排的輪椅上，一位老先生和一位老太太正相互拉扯，老太太還對著老先生尖聲咒罵。他們的樣子很眼熟，我想起來了，這兩人是月河鎮的模範情侶檔，成天卿卿我我、你儂我儂。

不過老太太今天看起來不太一樣，印象中她的穿著總是非常樸素，今天卻穿了綠色上衣搭配紅色裙子，兩腳的長襪還是截然不同的花色，左腳是咖啡色格紋、右腳卻是黃色圓點，打扮得活像一棵裝飾過度的聖誕樹。要說是為了園遊會特意打扮，也有點過火了吧。

而且，之前每次遇到他們倆，老太太都是一副嬌羞模樣，逢人便打招呼的總是老先生。今天老太太卻一反常態，那副凶神惡煞般的德性像是在宣告她任職於暴力討債集團。

「小江、老劉，怎麼了？」路姊擠進兩人中間調停。

「這個老頭子騷擾我！」小江怒氣沖沖地控訴。

「老劉沒有騷擾妳，他是妳的朋友啊。」看護好聲好氣地附在她耳邊說。

「呸。」小江轉頭，不高興地質問看護：「該吃飯了吧？」說話時還噴了幾滴口水。

「才剛用過午餐呢。」她的看護回答。

「小江寶貝……妳不記得我了嗎？我是妳的男朋友老劉啊。」老劉低聲下氣地探頭問道。

「少肉麻了，我根本不認識你。」小江鄙夷地向後退卻。

「我們下個月就要慶祝交往兩年的紀念日了。」老劉一臉哀傷。

「啊哈，我早就說過，獨立革命以後，女權意識就會高漲。」一位圍觀的灰髮老太太咕噥。

「在我們那個年代，要是女人敢對丈夫這麼壞，早就被拖去豬舍毒打一頓了。」另一位髮色斑白的老太太說。

周圍看熱鬧的老人家們七嘴八舌加入討論，一時之間，廣場的角落裡充斥著各種聲音，絕大多數都是些幫不上忙的話語。陪伴的看護和家屬面露無奈，少數人開始將長輩帶開。

「小江已經兩天不肯洗澡了。」看護對路姊眨眨眼，呻吟著說。

「請大家安靜下來。」路姊平舉雙手，示意眾人閉嘴。「小江，妳知道今天星期幾嗎？」路姊問。

「誰曉得？可以回家吃飯了嗎？」小江扁嘴。

老劉不死心地向小江伸出手，試圖越過卡在中央的路姊，小江卻毫不留情地撇開頭，臉上滿是嫌棄之情。

路姊滿腹思量地審視兩人許久，接著對他倆的看護使了個眼色。

老劉的看護立刻反應過來，她勸道：「老劉，我們先回去吧，讓小江有時間冷靜一下。」

「我不明白，小江昨天還好好的啊，我們一塊兒去喝下午茶，晚上還去玩了賓果遊戲，怎麼今天卻像變了個人似的？」老劉的神色黯淡。

「小江今天的狀況不好，我們會和醫生討論更改她的維他命，看看這樣會不會好一點。」路姊友好地拍拍老劉的肩，卻沒有多大作用。

「我們談談好嗎？拜託。」老劉哀求。

「我跟你沒什麼好談的。」小江悶哼。

「走吧走吧，我們回家吃飯。」小江的看護說。

「終於！」小江嘀咕。

看護將小江的輪椅一扭，群眾自動讓出一條路，兩人匆匆離開現場。接著，另一位看護也推著頹然無語的老劉離去。

人群漸散後，我左邊的一位年輕看護低聲嘆氣。「怎麼辦哪？」

「老了就是這樣，還能怎麼辦？」另一位看護回答。

我凝望兩位年紀加起來超過一百五十歲的長者，頓時感到心煩意亂，好似有個淘氣的老頑童拿著拐杖在我的意識裡頭不停翻攪。之青、小喬、路姊、小史和葛女士的臉在我腦中輪番現身，時而皺眉怒視，時而輕蔑嘲笑，不斷變化的臉龐之中，還有一抹輪廓模糊的陰影，那是詹議長的臉。

想起詹議長再度讓我怒火中燒。不，我不希望自己的人生徒留遺憾，也不想等到七老八十了才來尋找人生的第二春。我要效法阿道夫・薩克斯先生，以頑強的意志力在命運之流中拼命掙扎，我要剷除橫亙於小喬和我之間的障礙。

儘管步伐已經又急又快，我仍然不斷敦促自己的腳步，希望能以最短時間返回小開普敦B棟。等到和噴泉廣場拉開距離，確信不會有人注意到我之後，我找了輛三輪車，把阿道夫放進置物籃裡，索性騎車回公寓去。

自己一個人騎三輪協力車還是略微吃力，我奮力踩著踏板，讓滾動的車輪拖著兩個座位和後方的置物籃跑。三輪車以一種固定的速率和不認輸的姿態持續推進，漸漸的噴泉廣場被遠遠拋在後頭，如影隨形的喧鬧也淡了去，前方襲來一抹涼意。

一片厚重的烏雲遮蔽了日光，前方的石板路瞬間暗了下來，還不到十分鐘我就已經氣喘如牛。不只我的胸腔如風箱般激烈鼓動，小腿肌肉也拼命哀號，我像溺水之人，肺裡的氧氣愈來愈少，離水面的光線愈來愈遠，只能靠著意志力命令雙腳繼續踩踏。

恍惚之間，童年的記憶慢慢浮現眼前——

我很幸運，和一對開明的父母共渡了十六個年頭，他們只是基層公務人員，卻極盡所能地栽培我、供應我，當我表明想要學薩克斯風時，我的父母二話不說，馬上替我買下人生的第一支樂器——電鍍黑色管身與白色貝殼按鍵的中音薩克斯風，它就是阿道夫。

不像一般的家長，他們沒有嘗試說服我去接觸一般人眼中最主流的小提琴和鋼琴，也沒有質疑過學習音樂的未來出路。父母辭世之後，我中斷練習了好一陣子，後來才重拾薩克斯風，因為沒了雙親，我就只剩下阿道夫了。數十年來，我也使用過其他薩克斯風，但總覺得和阿道夫最合拍、最有默契，阿道夫陸續更換過幾個小零件，因為保養得宜，所以它嶄新如昔。

往後的生命中我不斷尋覓能像父母一樣愛我的人，起先我以為就是之青，後來的日子證明我弄錯了。父母的寵溺是我成長茁壯的養分，可是獨立思考和獨斷獨行僅在一線之間，超過一丁點兒便越界了。從前我不明白這個道理，直到失去之青，才漸漸懂得。

感情從來不是單向且無止盡的索求。我錯了，我現在知道錯了。之青，請再給我一次機會，好嗎？

我匆忙在小開普敦區前方停好車，然後拎著樂器盒衝進公寓大門。家裡沒人，我穿越起居室來到電梯前，著急地拍打樓層按鍵，我趕時間哪，連日來我將光陰虛擲於思考和徬徨，也該是拿出行動的時候了。

終於抵達臥室後，我一如既往先將阿道夫放上書桌，接著就掀開枕頭，要拿那本抄有人格分裂測驗題的《淺談躁鬱》。

不過，書呢？

我明明記得很清楚，《淺談躁鬱》就藏在枕頭套裡的枕芯旁，怎麼找不著了？我扯下枕套，沒有。拉開被單，也沒有。於是我乾脆把床墊也搬下床架，卻仍遍尋不著。

我用力甩頭，這怎麼可能？除非有人把書拿走了。

房門不能上鎖，趁我不在時溜進房間根本是輕而易舉。小開普敦B棟從來沒有訪客，所以嫌犯縮小為三人，也就是我的三個室友。問題是，他們幹嘛要把書拿走呢？

難道是有人好心替我把書拿回去還了？不可能，他們不曉得我向圖書館借了這本書，就算知道好了，不告而取謂之偷，只為了將書送還圖書館，就擅自進入別人房裡翻找，這太不合邏輯了。

如果不是好心，那就是惡意的了？這表示有人背著我大肆搜索了我的臥室。一連串的疑問接二連三冒出腦海，竊賊是誰？他偷走《淺談躁鬱》，是因為書本的內容還是另外抄錄的測驗題？

會是葛女士嗎？老太太把書拿走的唯一理由，大概是惡作劇吧。

還是小史？小史一直想除掉小喬，偷走書當作證據也不是沒可能。

又或者，會是路姊嗎？她表明不希望我私底下搞小動作，也許她就是發現了書才跟我攤牌的。

我感到背脊一陣發涼，彷彿有隻冰涼的大手輕輕將我攫住。我暗自忖度，這下可好，敵人就在同一個屋簷下，我得把警備狀態提至最高層級了。

一年一度的熱鬧，代表的是一年一度的擁擠。

人格分裂測驗題連同借來的書一塊兒不翼而飛，我只好再跑一趟圖書館，使用公共電腦重新查詢測驗題，然後將題目抄在另外一張紙上，光是這樣一來一回就耗費了大把時間，等我重返噴泉廣場時，天空已經烏雲密布，人潮也散了大半。

許多商家開始收拾東西，準備收攤打烊了。我逕自往「舌尖上的芭蕾」方向走去，希望能在小喬下班時佯裝巧遇，我打算請她喝杯咖啡，然後拿出測驗題目，騙她說那是某種有趣的心理測驗。女孩子都喜歡心理測驗，不是嗎？

廣場上還是有些不捨得離開的人，我經過艾莉絲的小餐館，裡面大概還有五成左右的客人。接著，我路過除草機理髮廳和月河鎮超級市場，就在即將抵達「舌尖上的芭蕾」前，忽然瞥見小喬和一名身材短小精幹的警察並肩走入蛋糕店。

一名警察──穿著整齊、配戴槍枝的警察。

我不動聲色地靠近門廊，這時的店裡已經沒有客人，麵包和蛋糕全數售罄，櫃檯只剩下一個店員正在結帳。我躲進廊柱後方的陰影裡，背抵著牆、雙手交叉胸前，假裝若無其事地閒晃，實則豎起耳朵偷聽。

小喬的嗓音帶有濃重的鼻音，彷彿哭過似的，像是一首悲涼的情歌。警察的聲音則霧濛濛的，彷彿嗓子經年累月繚繞煙霧，是個陳年的老菸槍。

警察：「穆小姐，妳喜歡這份工作嗎？」

小喬：「當然了，警官。」

警察：「在這裡生活應該沒什麼問題吧？有沒有什麼需要幫忙的？」

小喬：「我在月河鎮過得很好，這裡的居民很友善。」

警察：「那就好，希望王媽媽的事情沒有太影響妳的心情。據我所知，妳們兩人私交甚篤。」

小喬：「是的，王媽媽很喜歡我做的點心，常常到店裡找我聊天。我和其他居民一樣，對於發生在她身上的不幸事件感到很難過，她走了，對我個人而言，也少了一個可以談心的朋友。」

警察：「唉，生命真是渺小，短短幾十年結束，又留下了什麼呢？」

小喬：「親近王媽媽的人都會記得她的好，起碼我是如此，我會永遠記得我們相處的點滴時光，絕對不會讓她像一夕之間蒸發一樣，不流半點痕跡的。」

警察：「還真是貨真價實的蒸發啊。她生前是個好人，在這裡過得很開心。」

小喬：「所有住在這裡的人都有類似的煩惱，這成為一股力量，讓我們凝聚在一起。」

「是啊，這裡和其他地方是截然不同的世界，算是某種另類的烏托邦吧。」警察嘆了口氣，道：「總之，保守祕密是件困難的事，妳做得很好。」

突然，一個高個子的男人朝蛋糕店大步走來，他長得濃眉大眼，茂密的黑色短髮抹了點髮蠟，看起來十分有型，壯碩的身材則讓合身西裝顯得更為英挺，是女孩們會為之瘋狂的類型。

那男人冷冷地看了我一眼便步入店內，我倆擦身而過時，他強壯的軀體甚至掀起了一陣側風。我還特別注意到他的西裝材質是加了真絲的高級布料，他還特別搭配了同色系的精緻袖扣，可見這傢伙不僅有錢，還挺有品味。

「路姊說妳在這裡。」男子說。

「議長，你怎麼來了？」小喬愕然。

原來他就是月河鎮的議長，我身上起了一陣雞皮疙瘩，他有權有勢、相貌堂堂，是個令人心生畏懼的勁敵。

「妳不來找我，只好我來找妳了。」詹議長陰沉地說。

「原來穆小姐已經名花有主了啊。」警察乾笑。

「議長，警官，兩位應該見過。」小喬訥納地說。

「警官，您還有什麼事情想問穆小姐嗎？」詹議長問。

「沒有沒有。」警察開始往門口移動。「再會了，穆小姐，希望妳繼續保持現況。」臨別時他意有所指地說。

我別開臉，假裝只是在門口等人，直到警察離去的身影漸遠，才抬頭瞄了那位仁兄幾眼。他是個矮壯的傢伙，平時應該勤於健身，才會練出快要把制服袖口撐破的鼓脹肌肉。為了小喬，要和他打上一架也是可以的，不過我比較傾向於智取。

「妳不該隨意接近他，萬一他認出妳怎麼辦？」我聽見詹議長不高興地責怪小喬。

我睜大雙眼，心臟碰碰亂跳。他們一定是在說我！詹議長擔心小喬的真正身分被我識破，所以對我們的接觸百般阻撓！

「我知道自己做了不少蠢事，這讓你的處境變得很艱難，對不起，我不會再這樣了。」小喬竟向他道歉。

小喬從來不會向我示弱！好吧，嚴格來說是之青從不向我低頭，但是這有什麼差別？反正，小喬哽咽的語調像是一顆冒煙的火種，瞬間引爆我胸腔的怒火。

「這樣還不夠，我希望妳保證從此謹言慎行，否則我不確定自己會做出什麼決定。」詹議長語帶威脅。

「我明白了。」小喬悻悻地回答。

聲音逐漸接近門口，我從廊柱後方現身，沒有閃避，也不打算閃避。當兩人出現在門廊上時，我們終於視線交會，小喬訝異地抖了一下，一身水藍色的絲質洋裝讓她更顯羸弱，如杏桃般紅腫的雙眼看起來楚楚可憐。

相較之下，詹議長神情冷酷，他的雙眼炯炯有神，嘴唇緊抿成一條直線，當他的視線落在我身上時沒有任何反應，臉上彷彿結了一層霜。

「小喬，這傢伙欺負妳嗎？」我衝到他們面前，張開雙手擋住去路。

「沒……沒有。」小喬緊張得結巴。

「妳們在交往？」我逼問她。

「不是啦。」小喬嚇得嘴唇發白。

「我才不管你是議長還是總統，也許在月河鎮，大家都把你當神一樣膜拜。」我揚起下巴，對詹議長挑釁說道：「但是我寧可不要這張合約，也無法隱忍你濫用職權，小喬不是玩物。」

「你根本不知道自己在說什麼。」詹議長冷淡地回應。

「讓我和他說兩句話，然後我就去辦公室找你。」小喬低聲對詹議長說道。

「好吧。」詹議長點點頭，繞過我們轉身離去。

沒等詹議長走遠，我便急忙問小喬：「到底是怎麼回事？為什麼議長會對蛋糕師傅的行蹤密切關注？」

「這實在一言難盡。」小喬歉疚地說。

「妳可以向我傾訴，妳知道的。」我按捺著不快，輕聲說道。

「對不起，我不應該一直介入你的生活。」小喬眨動澄澈的雙眼，眼尾泛著淚光，「與其惦記著不快樂的日子，不如忘卻一切，只保留記憶中幸福的點滴。以後我不會再去找你了。」語畢，小喬拉起裙擺快速跑開。

小喬這番絕情的話語澈底擊潰了我，像是有人拿著鐘槌猛敲我的腦殼，我感到頭痛欲裂，腦袋也嗡嗡作響。

她的意思是，已經在詹議長和我之間做出抉擇了嗎？

我呆立原地動彈不得，妒意和受挫令我臉頰發燙，全身更熱得像是被大火焚燒，彷彿是被綁在刑具上聽取判決之後，立刻遭受火刑的犯人。

大地在顫抖，不，是我的雙腳在顫抖，小喬的身影已經消失於視線之內，我努力想穩住身子，卻只覺得天旋地轉，渾身難受。而其中最難受的，莫過於一顆心隱隱作痛。

我渾渾噩噩地走在街上，反覆回想在蛋糕店偷聽而來的對話，盡最大的氣力維持理智。

我不懂，為何警察要找小喬談話？那位警官的語氣聽起來和顏悅色，不像是在審訊犯人，所以他應該沒有因王媽媽的死而將小喬鎖定為嫌疑人。

那警官為何而來？而且連議長也牽涉其中，除非……

除非有人不只向議長舉發小喬的精神問題，同時也向警察密報。

詹議長方才對小喬說「路姊告訴我，妳在這裡。」乍聽之下會以為是路姊通風報信，所以背後操弄眾人的很可能就是路姊。

但考慮到詹議長對警官的態度不甚友善，況且，詹議長也沒有必要出賣自己的密探，現在回想起來，反而更像是小史告狀之後，路姊趕緊通知詹議長，請他前來解圍。

這麼一兜起來就有道理了，議長肯定不希望月河鎮的市政交由警方插手。

我愈想愈氣，現況已經夠棘手了，每每思及小史罔顧兄弟和室友的情誼，更覺氣急攻心。這種老是在一旁搧風點火的人還不如除之而後快，我決定去找小史算帳，把怒氣通通發洩在他身上。

我小跑步起來，逢人便問有沒有看見小史，一位陪伴老先生的看護告訴我，剛剛經過四季花園時看見魔術師和一位警察在談話，這讓我更加堅信自己的揣測，小史就是小開普敦B棟中的叛徒。

跑著跑著，我在小田納西區前方發現了提著魔術道具箱的小史，立刻三步併作兩步，奮力朝他撲去。

「你幹嘛？」他神情戒備迅速後退，卻還沒有快到閃得開我滿是惡意的雙手。

我揪住他的衣領，打算來場男人的決鬥。小史瘦得像是佇立田間的稻草人，扭曲歪斜的鼻樑像是在對我招手，我一定可以把他揍得實話實說。「你說，為什麼向警察告狀？」

「發什麼神經病啊，我惹你了嗎，什麼警察啊？」他使勁掙扎。

「你還裝傻？就剛剛那個警察啊，他去找小喬的時候，我已經偷聽到他們的對話了！」我捏緊他的衣領。

「剛剛那個穿制服的傢伙嗎？他只是不確定大門方向，找我問路而已。」他趁我遲疑的片刻推開我，接著又嘴上不饒人地說道：「怎麼？我跟誰說話還得向你報備嗎？」

「說謊！」怒吼從我的體內爆發。「我知道你幹的好事，不過就是一份工作，你為什麼要那麼執著，就是不肯放過她？」

「有些人就是需要領薪水才有飯吃。」

「混帳，你明知道我要小喬回到我身邊，卻故意來陰的，害我變成揭穿她的幫凶？你把她從我身邊再次推開！」

「你這個狂妄自私的蠢蛋，以為整個世界都繞著你轉嗎？你的心裡只有自己……」小史本來還想繼續罵，卻把剛到嘴邊的話又吞了回去。「算了，我實在不想跟你瞎起鬨，你自己去照照鏡子吧你！」

「你說什麼？」

我衝上去試圖重新揪住他的領口，小史卻以手中的道具箱當作護盾，拉扯之際，我的指節招呼上他的臉，箱子同時擊中我的肋骨。

我痛得跪下，加上一路跑來已經耗費不少力氣，只好撫著痛處邊喘氣道：「你去跟警察說是你搞錯了，不要舉發小喬，如果你擔心的是下半年度的合約，我願意退出，離開月河鎮。」

「你？別逗了。」小史朝地上吐了口唾沫，揉著臉頰道：「況且，我也沒有跟任何人說任何事。沒有就是沒有。」

「你沒有密報？」我抬起頭，毫不掩飾眼中輕蔑的質疑。

「當然，我向來有話直說，不在背後做那種偷雞摸狗的事。如果我想表面上做好人、私下檢舉小喬，就不會當著大家的面反對你了。」小史忿忿不平地回答。

「是嗎？那我的書呢？你有沒有偷拿那本我從圖書館界來的書？」我質問道。

「拜託，我才沒那麼無聊咧。」小史嗤之以鼻。

這一摔，令我跪在地上直不起身子，我費力地朝他嚷道：「每個人都知道書頁上的字對葛女士來說根本看不清楚，路姊是公務員，不會做出那麼低級的事，她若是要我還書，可以動用公權力。」

「你的意思是我很低級囉？謝謝你喔。」小史放下平舉胸前的道具箱，他拉拉領口，扯了扯打架造成的皺折。「我不想傷害你，也跟你無話可說。反正我沒有做對不起你的事，我要走了，究竟什麼是事實，你自己好好想想。」

小史逕自離去，他是今天第二個從我身邊大步離開的人了。頃刻間，我感覺到前所未有的孤獨。我承認他的話並非全部都錯，起碼在「狂妄自私」的定義上，小史和之青拿的是同一把尺。現在，小史全盤否認我的指控，倘若能想辦法查出警察的身分，以及他和小喬、小史之間的關聯就好了。

我沒有可以聊聊的朋友，也不想回去公寓，在大街上徘徊了一陣子後，決定還是上圖書館去，說不定電腦可以查出點什麼來。

延著綠榕大道，我在小京都區遇到一小群人，兩個陌生人向我揮手打招呼，我根本不曉得他們是誰，也懶得管他們是誰。我沒有停下腳步，卻還是忍不住多看了兩眼。

那一幕真是難堪，幾個看護簇擁著前陣子大鬧蛋糕店的劉嬸，地上有一灘黃色的水，劉嬸臉上有兩道清澈的淚，事發經過不言而喻。

閱覽室裡，我坐在電腦前面，將浮現腦海的名字一一鍵入搜尋欄位。

「詹議長，月河鎮」沒有結果。

「路姊，月河鎮」沒有結果。

接著我又試了葛女士和小史加上月河鎮，一樣沒有結果。

這還滿奇怪的，因為搜尋結果實在太乾淨了。

然後我又同時輸入穆思喬和季之青，電腦跑出之青在幼稚園任教的資料，以及小喬錄取廚藝學校時那屆的學生名單。我點開名單，確認真的有小喬的學籍資料。

不可能啊，小喬只是一個虛擬人物，是為了之青而創造出來的假身分，怎麼可能真的畢業於廚藝學校？接著我又想到，這年頭的駭客如果能竊取網路上的資料，當然也能偽造資料。

我不耐煩地以手指敲擊桌面，絞盡腦汁努力回想，我是不是還漏了什麼？

蒸發。

蒸發，我好像聽到誰反覆敘述這個字眼。

我再次於螢幕上輸入「蒸發」以及「警察」，這次終於有結果了。閃爍的萬分之一秒以後，我屏住呼吸，目光定格於網頁上的第一行，久久無法回神……

相關結果：證人保護計畫Witness Protection，又被稱為蒸發密令。

第十四章

26歲

這個晴朗的午後，聖瑪麗幼稚園的彩虹班教室內，孩子們將課桌椅圍成一圈，用手指沾染調色盤上的水彩，按壓在圖畫紙上。

教室牆壁上懸掛著九個孩子的美勞作品，童稚筆觸和鮮豔用色將教室妝點得朝氣蓬勃，畫紙忠實呈現出他們眼裡看到的世界：簡單、豐富且趣味橫生。

這個班級總共有九名六歲學童，男生比女生多一人，因為天性活潑的男孩佔比較高，群聚在一塊兒作亂時又有加乘的效果，所以教室裡經常吵吵嚷嚷的，熱鬧程度稱霸全園，之青覺得她班上製造出來的音量簡直跟隔街的菜市場有得比。其中一名叫做奧利佛的小男孩最為淘氣，奧利佛特別黏她，可是有時候又像是故意要引起老師注意似的搗蛋整人。

不過，只要有一件轉移注意力的有趣活動，就能讓這些小傢伙成為純潔可愛的小天使。看著一群小不點兒們穿上美術課專用的大圍兜，一邊賣力將面前的白紙填滿，一邊努力把自己的手和臉弄髒，之青便覺得滿心愉悅。

小莉用她的食指按出了兩朵有七彩的花，小娜則描出幾隻螞蟻，素來好動的小傑也無法抵擋自由創作的魅力，他的圖紙上下起了藍色的雨。

四周儘是來自音響裡輕柔的鋼琴曲聲與孩子們繪畫時發出的微弱碰撞聲，之青踱步回到幾呎之外的教師座位，整整裙擺閒適地坐了下來，並緩緩啜了口杯中的熱茶。

她熱愛這份工作，比起成人世界的複雜，孩童的反應更單純直接，和這些孩子們相處不需要時時刻刻戴著禮貌而虛假的面具，只要真心付出，便很容易獲得相等、甚至更多的愛作為回報。學生們的擁戴是騙不了人的，之青很珍惜且看重這份小小的成就感，她覺得自己除了老師的身分，更像是孩子們的好朋友和第二個母親，而這間素來充滿愛與歡笑的教室就是她們的家園。

「老師？」一個細小的聲音打斷了她的思緒。

之青回頭，問道：「什麼事？」

「羅老師找妳。」小莉伸手指向門邊。

走廊上出現的是隔壁雲朵班的羅老師，也是校園裡最讓之青畏懼的人物。羅老師來自陽光普照的南部，這一點從她鼻頭的雀斑和焦黃細軟的髮辮即可看得出來，此外，南部人的心直口快在羅老師身上一覽無遺，她塊頭大、嗓門大，就連個性也大喇喇的，尤其是那張口無遮攔的大嘴巴，特別愛替學校裡單身的老師作媒。

「季老師？」羅老師向她揮手。

之青鬆懈的心情一下子緊張起來。「嗨，羅老師。」

自從和寶強分手的事情傳開以後，羅老師就像是不死心的蜜蜂般繞著她打轉，硬要將每個認識的單身男子介紹給她，無論是鄰居家還在念大學的兒子或是剛認識的園丁，無一例外。

可惜之青心如止水，一場結束得轟轟烈烈的戀愛令她身心俱疲，短時間內她只想好好努力事業，最近教育期刊上新發表的那篇《健康飲食與兒童學習能力》論文強烈激發她的興趣，之青躍躍欲試，甚至建議校長更改廚房菜單，希望將學習到的科技論點實際驗證在日常生活中。

「妳明天晚上有空嗎？」羅老師喜孜孜地晃進教室。

之青心裡暗喊不妙，她很熟悉羅老師那副表情，最近每週都可以看見兩三次。「不好意思，校內評鑑的日期快要到了，我最近好忙哪，真的沒有時間約會。」

「唉呀，先別急著拒絕嘛。」羅老師故作神祕地說：「這次這個男的可是千挑萬選出來的，不僅人長得帥，還很會賺錢呢。」

「上次那個離過婚的，妳也是這麼說。」之青嘆道。

「梅先生不是離婚，他是被外遇的妻子拋棄，姑且不論離過婚，他其實是個大好人耶！」羅老師說。

「感謝妳的好意，但我真的不想再相親了。」之青說。

「吳先生不一樣喔，他在銀行界上班，家世人品都一級棒！」羅老師急忙說道。

之青一臉歉意，苦笑著搖頭拒絕。

「該不會妳還為了沒能結婚的事傷心吧？唉，那個姓梁的家族有什麼了不起，哼，財大氣粗。我看人一向很準的，當初就覺得梁寶強不是個好東西，果不其然，他居然把妳這麼好的女人給甩了，真是狗眼看人低！」羅老師光憑臆測就自以為拼湊出事情的全貌，不只一次在他人面前唾罵之青的前男友，之青只是懶得辯解。

接著，羅老師又換了副諂媚的表情，搭著之青的肩膀說道：「好啦，我知道妳工作認真，校長也對妳期望很高，可是妳已經連續加班好幾天了，也該放鬆一下啦。」

「可是評鑑——」

羅老師打斷她，提高音量道：「別管什麼評鑑不評鑑，去年妳已經參加過啦。難道妳想要為了幼稚園的活動蹉跎婚姻大事？等到妳退休了，會照顧妳的人是丈夫，可不是校長耶。」

「我會照顧之青老師。」小男孩從座位上起身，抬頭挺胸地說。

「小兔崽子，回去畫你的圖。」羅老師揮手打發他。

之青微笑。「翔翔，謝謝你，不過老師是大人了，可以自己照顧自己。」然後不經意地從羅老師的胖胳膊內逃脫，溫和卻堅定地對她說道：「現階段我還沒有認識男人的打算，如果我改變主意了，一定第一個讓妳知道。」

羅老師碰了個軟釘子，只好嚷嚷著「一定喔！」隨後訕訕地離去。

將八卦又愛管閒事的同事打發走以後，之青繞著教室裡的學生走了一圈，大部分小孩的作品已經有了雛形，她滿意地摸摸這個的頭、拍拍那個的肩，鼓勵他們繼續完成圖畫。

回到教師座位後，她開始批改學生昨天的作業，孩子們已經開始學寫自己的名字，雖然寫得歪七扭八，直線像是在顫抖、弧線則大小不一，但整體而言，比起初次運筆時已經好太多了，只要多去公園的沙坑玩耍或練習做黏土，小肌肉的發展就會愈來愈好。

之青帶著微笑在每張作業紙畫上愛心或笑臉，然後放下紅筆，再次端起茶杯啜飲。姊姊送她的茶葉在熱水中舒展而開，她姊就是這樣，聽說她和寶強分手以後就常送些小東西表達關心，但又決口不提寶強二字，這點讓之青感到非常窩心。

這時，學生之間傳出一種不尋常的窸窣聲音。

「之青老師，翔翔拿紙球丟我！」莎兒高聲告狀。

果然，安逸靜好的時光總是短暫，之青苦笑著放下茶杯，隨後朝教室中央的圓圈走去。

「翔翔，你畫完了嗎？」之青在男孩身旁蹲下，輕聲問道。

「畫完了。」被同學檢舉的翔翔小聲說道。

「很好。」之青刻意忽略圖畫紙被撕去的一角，她審視著學生的作品，試圖在凌亂的指印間辨別圖形。「告訴我，你畫了什麼？」

「太空梭。」經老師這麼一問，男孩的興緻立刻被點燃。「老師妳看，這是太空梭的推進器，等到它被發射進入前往火星的軌道以後，推進器就會被丟掉，然後用降落傘飛回地球。」翔翔說明得十分認真，一雙小手不停在圖紙上指來指去，殘留的顏料反覆印蓋，將作品弄得髒兮兮。

「很好，非常漂亮，而且很有想像力。」之青稱讚，繼而問道：「要不要替你的太空梭再加上一點東西呢？它飛往火星的途中，一定會遇見其他星球或隕石碎片吧？」

男孩靦腆地點點頭。之青投入幼教工作不過短短三年，卻已深諳與小朋友的相處之道，強迫只會造成反彈，引導才是最為有效的方法。

「還有，親愛的，別再撕你美麗的太空了，下堂美勞課，我們可以玩撕貼拼畫。」之青說。

「老師，球。」莎兒的掌心中有顆皺巴巴的紙球。

「好的。」之青收下紙球，轉身往垃圾桶移動。

沒想到才走了幾步，身後竟再度傳來孩子們竊竊私語的聲音。

「怎麼啦？」之青迅速旋身，裙擺飄揚，假裝恫嚇的表情卻凝結在臉上。

只見九名孩子全都朝窗外張望，耳語著「氣球、氣球」。

「什麼氣球？」之青猜想孩子約莫瞥見了那種帶有廣告標語的空飄大氣球。

彩虹班教室的窗外是校園角落裡的菜圃，一牆之隔便是街道，難免會受到外界影響。加上顏色繽紛的氣球對小孩而言有種莫名的吸引力，就像是貓咪見了玩具老鼠似的非得逮到不可。

「老師，剛剛窗戶外面有人拿了一大堆氣球。」莎兒說。

「你們待在座位上，老師去看看。」之青交代。

校園的圍牆雖然不高，但這個區域治安良好，建校以來從未沒遭遇歹徒入侵，之青也從沒聽說附近有小孩被綁架的案例。不過為了孩子們的安全，她還是要求學生遠離窗邊，親自檢查菜圃方能安心。

甫接近窗戶，一個馬戲團小丑自角落一躍而出，淘氣地向她眨眨眼睛，手裡還摟著一束五顏六色的氣球。

「你是誰？」之青神情戒備地向後倒退。

「哇！小丑！」學生們紛紛往前衝。

「退後！」之青張開雙手，像是一隻保護小雞的母雞似的攔住孩子們。

「別緊張，是我，小畢。」小丑摘下紅鼻子。

之青定睛一看，認出對方是薩克斯風樂師小畢。

和寶強撕破臉的那晚以後，小畢就對她展開熱烈追求。他不曉得從哪裡打聽到之青上班的幼稚園，經常於下班時在之青必經的十字路口等她。有時候是一杯咖啡，有時候是一盒巧克力，小畢會準備一些小禮物，但是從未打動之青的心。

之青對追求者說不上喜歡或討厭，小畢長得不錯，深邃的雙眼含情脈脈，身材修長精實，可惜就是有點太藝術家、太不修邊幅了，那頭披散的黑髮若是能稍微整理一下，應該就會很體面。

之青不只一次告訴小畢自己還沒有準備好，所以暫時只能將對方當朋友看待。小畢卻毫不在意，他說只要能陪之青散步一小段路，就覺得心滿意足。

「原來是你。你改行扮小丑了嗎？」之青語帶責難地問。

「我是專門來逗妳開心的。」小畢咧嘴一笑。

「老師，我們可以叫小丑變戲法。」小傑建議。

「孩子們，現在是上課時間，小丑先生不能在校園裡亂逛，否則校長可以請警察將他抓走喔。」之青提醒。

「先生，請問你會變出鴿子或兔子嗎？」小莉滿懷希望地問。

「我只會吹薩克斯風。」小畢為難地說：「而且我今天也沒有帶樂器來。」

「好遜的小丑。」翔翔說。之青搔搔他的頭髮，笑了出來。

「嘿，我沒有兔子或鴿子，可是我有花。」小畢扮演的小丑以空著的右手勉強伸進胸口，掏出一小束垂死的玫瑰花。

「花瓣都掉光了！」莎兒指出。

「哇？花瓣都掉了？小丑好傷心。」小畢假裝拭淚，逗得孩子們哈哈大笑。

之青本來決意要趕小畢走，現在看到孩子們那麼開心，態度反倒軟化下來，她不願掃孩子們的興。

「小朋友，看看小丑手上有好多長長的氣球，喜歡嗎？」小畢問。

「喜歡！」孩子們異口同聲。

「小丑折造型氣球送你們好嗎？」小畢再問。

「耶！」孩子們歡聲雷動。

「好的，小丑先折什麼呢？」小畢假裝陷入苦思，兩秒鐘後雙眼圓睜，像是靈光乍現般誇張地咧嘴大笑。

只見他將繽紛的長氣球擱在地上，只拿起一個鵝黃色的氣球，隨後雙手忙碌了起來，三兩下就折出了隻擁有修長頸項的天鵝。

「是天鵝！我要我要！」小莉舉手。

「美麗的天鵝送給美麗的小姐。」小畢欠了欠身，雙手奉上天鵝氣球。「小朋友們，人人都有，別急喔！」

接下來，粉紅色的貴賓狗、藍色的大象和綠色的彎刀相繼出現，小畢靈活的十指像會施魔法似的，東揑西拉拉，一下子就變出各式各樣和本尊相似度極高的造型氣球。九個目瞪口呆的小孩將小丑團團圍住，口裡不時發出驚叫聲與讚歎聲，簡直將他當做神在膜拜。

「你真的會折。」之青和孩子們一樣高興。

「為了妳特地去學的。」小畢回答。

在眼神交會的瞬間，某種久違了的感受忽然造訪，就像是輕柔的羽毛拂過心頭，癢癢的、暖暖的，之青不禁微微一笑。

終於，九個孩子都擁有了自己的氣球，他們彼此追逐笑鬧，小畢很懂得幼兒心理，明白氣球就是孩子眼中的珍寶。

小丑這才抬眼，對之青溫柔說道：「老師，小丑為妳特別準備了一個與眾不同的氣球，請妳幫忙拿起來。」

小丑轉身背對她，原來，在那件花花綠綠的丑角衣服背後，小畢偷偷黏了一顆充飽氣的大紅色心型氣球。

「麻煩您？」小畢催促。

「老師拿嘛！」學生們呼喊。

「看來你成功收買這群難纏的小鬼了。」之青順從民意，摘下那顆心型氣球。

氣球乍看之下極其普通，之青以為這個紅色愛心就是小畢本日示愛的手段了，沒想到小畢忽然出手，將氣球用力刺破——氣球迸裂的瞬間，粉紅色的花瓣翩然墜落。

像是一陣粉紅色的花雨，大人和小孩都看傻了眼，之青抿著笑意，這會兒她知道方才那束七零八落的玫瑰花瓣上哪兒去了。

「給妳的。」小畢從破碎的氣球皮裡翻出一個信封，遞給之青。

之青拆開封套，發現裡面是兩張遊樂園的門票。

「走吧，和我約會吧？」小畢滿懷希望地問。

「可是……」之青明亮的眼神裡透著憂慮。她怕心動的感覺就像流星劃過天際，僅止於短短一瞬間。

「就當我今天幫妳代班上課了二十分鐘，給我的報酬？」小畢懇求。

「先生！」翔翔提起他小小的拳頭，再度為心上人挺身而出。「難道您的老師沒有教過不可以強迫別人嗎？」

小畢換上一副小丑的苦瓜臉，可憐兮兮地拼命眨眼睛。「這不是強迫，是真誠的請求。」

「如果是請求，那可以。」翔翔的口氣像個小大人一樣。

「如果之青老師願意跟我做朋友，我會對她很好很好，而且以後就可以常常帶氣球來看你們唷。」小畢挑眉。

「好耶！」孩子們拍手大笑，就連翔翔也表現出熱情歡迎。

猶豫了半晌，之青終於點了點頭。

在一片笑鬧聲中，下課鈴聲也響了，之青趁亂打發小畢離開校園，並叮嚀他下次來訪要走大門，千萬別再偷偷摸摸地爬牆了。

「好啦，孩子們，我們回去把手指畫完成吧。」她說。

穿著大圍兜的小不點兒們一哄而散，之青看著她疼愛的學生們，感到一顆心被填得滿滿的。

第十五章

搜尋結果：證人保護計畫Witness Protection，又被稱為蒸發密令。

一旦加入證人保護計劃，此人就永遠在此計劃裡，所以事先會有司法官對此人進行訪問和審核，有時候，證人需要在短時間內做出決定，有的甚至在於司法官會面幾分鐘後就要立即動身離開。

當證人完成作證之後，就會被轉移到新安置地的某酒店內，直到找到合適的住宅。被安置的家庭每月會收到政府的津貼以及各種補助，持續至找到能夠支持生活開銷的工作。

該計劃要求參與者拋下一切—包括父母，兄弟姐妹，財產與現有的身分。在開始新生活之前，參與者會被給予新的身分，新的出生證明、駕駛執照等證件一律都會準備齊全，另外，假的醫療記錄以及教育經歷都會被轉到新的假身分之下。

一切都說得通了，小喬沒有失憶、也沒有人格分裂，她從頭到尾都只是在裝傻。證人保護計畫讓幼稚園老師季之青搖身一變成為烘焙師傅穆思喬，所以兩人擁有極度相似的五官，同樣慣用

左手，而且都對海鮮過敏，她們本來就是同一個人。

月河鎮就是執行證人保護計畫的特別城鎮，市民證刷卡系統、智慧型感應電梯、三輪協力車以及所有了不起公共設施的資金來源才不是路姊口中的私人財團，我認為背後金主就是政府。財閥才不會砸下重金只為了造福鄉里，唯有有利可圖的事業，才能獲得強大的經濟後盾——讓重刑犯鋃鐺入獄就是其一。

在小鎮四周加裝監視器的目的再明顯不過了，為了順利推動證人保護計畫，月河鎮不僅得保護居住鎮上的證人，同時還得提防來自外界的壞人。那位警官不也說了，月河鎮就像是另類的烏托邦。

政府幫之青憑空捏造出一套全新的身分背景，包括穆思喬這個名字、穆家當藥師的哥哥還有小喬在廚藝學校的畢業學歷，甚至替她的整形手術買單，以後天加工的方式改變眼球顏色和身材，又在她的耳背鑲上胎記。

不過，百密總有一疏，政府應該也沒料到小喬居然還保留了一件屬於過去的物品——J字型項鍊，捨不得銷燬。J是之青名字的第一個字母，也是她娘家姓氏季的第一個字母，項鍊代表著她將近二分之一的人生。她可以把項鍊藏在衣內，也能以假名欺騙別人，但是卻騙不了自己，難怪我對那鍊墜有種似曾相識的感覺。

小喬就是之青。繞了這麼大一圈，推翻了那麼多奇奇怪怪的患病假設，我終於解開心上纏繞的死結，不用繼續在失眠的盡頭裡朦朧睡去、在失落的夢魘中醒來，也不需要鎮日於推理和證明的輪迴裡惴惴不安。

我們是夫妻，丈夫和妻子本來就有股宛若行星與行星之間的相互牽引，所以小喬才會無法遏抑地主動接近，只是礙於證人保護計畫的法令，她無法對我吐露內情，每每表現出欲言又止、有苦難言的模樣。

所以那晚在議會的議長辦公室內，詹議長才會大發雷霆；所以警察才會叮嚀小喬保守祕密。洩密不僅違法，後果更是難以想像，要是月河鎮的祕密被傳了出去，不只證人保護計畫毀於一旦，龐大資金也會血本無歸，此外，還有難以數計的證人和相關人等必須擔心仇家上門。

將真相拼湊而出之後，我不禁懷疑，莫非只有我一個人被蒙在鼓裡？

小史知情嗎？他是簽訂聘僱合約的街頭藝人，是個無關緊要的無名小卒，月河鎮提出一份待遇比外界優渥許多的工作合約，除了買斷他的才藝，也買通他的忠誠。即使他原先並不曉得證人保護計畫一事，在小喬露出馬腳、我開始追查真相以後，八成也被通知並下了封口令，所以他才會避而不談。對小史來說，工作就是他的人生，他非得守口如瓶不可。

葛女士大概也是受到保護的證人之一，她年輕時候是名情報員，情治單位的人總是樹敵無數，退休以後躲進月河鎮裡接受保護自是理所當然。難怪園遊會時她沒有任何家人前來探望，我懷疑是否還有人知道她仍存在於世。

路姊更不用說，她費盡心思想讓我打消追根究柢的念頭，說穿了，就是怕我揭發證人保護計畫。

舊的問題想通之後，新的問題隨之而來。之青究竟捲入什麼危機，讓她非得從人間消失，一切從頭開始？是黑道火拼、黑箱作業還是黑金往來？

除了找出證據一途，我大概永遠都猜不透、也想不明白了，她寧願接受政府的安排從人間蒸發，也不肯找法定關係的另一半商量，其實理由不言自明。從冷戰的頻率提高、時間拉長之後，我們就不太交談了，就算誰主動開口，得到的回答也只是一聲悶哼。最近的一次冷戰，連聲悶哼也沒有了。

我們早就不說話，她又怎會找我商議難處？

小史對我的觀點是正確的，儘管我不願承認，但我就是個自我中心的蠢蛋沒錯。像條苦哈哈的獵犬般追蹤了那麼久，歷經千辛萬苦，我再也無法確定採取什麼行動才是對的。我的所作所為是出於愛嗎？還是依賴？又或者只是自私自利的佔有欲作祟？

事到如今，是不可能撥亂反正了。我不確定這條尋覓的道路走至終點時，我會基於純粹的愛與全然的尊重，將小喬拱手讓人；還是臣服於依賴和佔有之下，奪回小喬至死方休？

今晚，我思考這個問題不下百次，始終沒有答案。現在的我只求一個公平競爭，一個擂台，一個對手。我想像小喬坐在裁判席上等待哨音鳴響，只能是她，不能是別的女人，這份執念如同勒戒的良方，讓我許久未曾想起陌生女子在懷裡的觸感了。

擂台近在眼前，我只需要一件證據作為參賽門票，一件讓小喬百口莫辯的有力證據。DNA鑑定結果尚未出爐，讓我想想，還有什麼文件是既科學又中立，毫無隱瞞據實以報的呢？報稅資料？工作契約？又或者，應聘檔案。

很好，我認為眼下的最佳選擇就是小喬的個人檔案。我決定潛入議會辦公室。

開始下雨了，雲層遮蔽了星子和殘月，四處都是陰影。

路姊的天氣預報非常準確，白天還炙熱無風的天候，到了傍晚已經下起滂沱大雨。密布烏雲洩下的暴雨無情襲擊綠榕大道的石板路，我低頭沿著路走，像在一條永無止盡的河川中泅泳。

議會必然保存了所有居民的戶籍資料和員工人事資料，而我即將前去竊取檔案。

其實十分鐘以前，夜訪議會還只是一個不甚確定的粗糙想法。我連檔案放在哪裡都不曉得，也沒有事前勘查過辦公室位置，許多問題懸而未決，讓我不知道該從哪裡起頭才是。

促使我付諸行動的契機，是因為我想再看小喬一眼，所以再次繞到小蘇活區的公寓外，埋伏雨中的樹籬旁，卻見到小喬披散著長髮，在起居室的角落裡蜷縮成一團，鬼鬼祟祟地講電話。

她又在偷打電話了。惆悵和大雨包裹著我，她是不是在和親愛的詹議長熱線中？

我仰起臉龐迎接冰涼雨水的沖刷，被排除在外的醋意令我渾身發燙。我能夠清楚感覺到一股複雜情緒在全身流竄，裡頭混和了失落、嫉妒、憤怒和絕望，我強迫自己細細品嚐這一刻，感受著溼漉漉的衣服和褲子布料貼合肌膚，感受著浸在水裡的襪子和宛若小池塘的鞋子，感受著淌水的頭髮和鬍鬚，一滴接著一滴……

我將遭受背叛的惱怒作為燃料，勇氣和下定決心的勇氣當下貫穿全身，我絕不放棄之青，絕不。接著，我便拔足奔向議會。

風勢漸強，所有居民都躲回家中，壓根不會注意到馬路上還有人行色匆匆。細小的水流在我的褲管彙集成河，呼嘯的狂風拍打著我溼淋淋的衣服，發出啪噠啪噠的聲響。我不停抹去臉上的雨水，等到全身上下裡裡外外都泡在雨水裡頭以後，好像又沒那麼難受了，步履再怎麼沉重，也比不上心頭的鬱積的愁苦。

拖著身子在暴風雨的夜晚裡步行了二十多分鐘以後，我抵達了目的地，眼前的議會大樓高聳矗立，像是一道橫亙於我與之青之間的藩籬。

我縮著身子，靜靜潛伏於大樓轉角的陰影內。我告訴自己——就是現在、就在這裡，我要把這件事做個了結。

所謂的「現在」，指的是這風雨交加的夜晚。雨水落在石板路上，彷若節奏規律的催眠曲，雨水打在玻璃窗上，模糊了全鎮居民的視線。傾盆大雨就像是一件寬大的隱形披風，雖然拖慢了我的速度，卻也讓我不著痕跡地來去自如。

所謂的「這裡」，指的是代表月河鎮權力中心的議會大樓，現在不只門窗緊閉上鎖，而且還開啟了保全系統。大樓宛若固若金湯的城堡，我則是獨自前來應戰的騎士，雖然毫無準備，雖然只憑一股衝動，但是樹影搖曳、月色朦朧，這便是我的優勢。

像上次一樣，我只帶了一把小手電筒。

我既不是專業的竊賊，也沒有開鎖的本領，當然不可能偷溜進去卻不被發現。即便我真的如願破解門鎖和保全系統，像現在這樣一路濕淋淋地滴水進去，就像是沿路扔下麵包屑一樣，保證會被逮失風。這些我都清楚得很。

無所謂，反正本來就不可能成功全身而退。

根據我的判斷，嘩啦嘩啦的雨聲足以掩蓋大部分的警報音量，離月河鎮最近的警察局起碼有二十公里遠，惡劣的天氣裡光是車程就要超過十分鐘。從鎮上的住宅區趕來，步行需要二十分鐘，跑步需要十幾分鐘，就算是騎三輪車好了，也得花上七八分鐘。加上找到造成警報發佈的侵入地點，然後入內搜索，另外還得花上一段時間。

所以我只要搶時間就好。我決定直奔人事室，趕在詹議長和路姊趕到之前翻出小喬的個人檔案，之後再做打算。

我把心一橫，拿出唯一的武器——滿腹衝動，再加上一顆隨手撿來的大石頭，既然不得其門而入，乾脆自己劈開一條路。

我舉起手上的石頭，奮力砸向面前的窗戶……不論是好是壞，都只能孤注一擲了。

警報器在空洞沉寂的議會大樓中震天價響。

我打了個哆嗦，一手揮動發光的手電筒，一手則緊抓因吸飽水份而不住下墜的褲頭，沉重的褲管垂至鞋面，險些將我絆倒，我咬緊牙關衝入前方撲天蓋地的幽暗裡，發出尖嘯的警報則窮追不捨地跟在後頭。

會計室、總務室、資訊室……手電筒的光暈在廊間迅速移動，各處室的招牌自我眼前飛快閃過，人事室…我猛然煞住腳步，差點跑過了頭，找到人事室了。

議會辦公室的門把就像是一般住宅區裡用的那種喇叭鎖，公寓臥室的房門鎖不起來，希望辦公室的門也同樣不能上鎖，我暗自祈禱議會當初進行的是一模一樣規格的大量採購。

命運之神回應了我的吶喊，我鬆了口氣，毫不費力地轉開門把，溜進空無一人的辦公室內。

室內大約和一個小型表演廳的舞台一樣大，裡面放了三張辦公桌和幾座櫃子。我衝向貌似檔案櫃的三層鐵櫃，咻的一下子拉開抽屜，接著單手高舉手電筒，另一手在紙張間賣力翻找，卻只找到一些勞動規章和人事訓練之類的文件。我繼而打開第二層抽屜，找到的是幾本和聘僱有關的法律文獻，第三層抽屜裡裝的則是從六零年代到現在所有薪資和加班費的修訂條文和試算表。

這樣的速度太慢了，我索性以下巴和肩膀夾住手電筒，同時運用空出的兩手。我的十指快速翻動紙片，像是在演奏一首急促的曲子，可是所有櫃子都找遍了，卻什麼也沒找著。

警報器的音量雖然大部分為雨聲所吞噬，卻還是在議會裡的廳廊之間高聲迴盪，刺耳的噪音令我聯想到執勤中的救護車和消防車，同樣的尖聲嗚叫，同樣的眩目光影，同樣的膽顫心驚。

相信再過不了多久，整隊武裝警察就會出現在議會大樓門口，倘若屆時我的搜尋仍然沒有結果，那麼，我不僅無法和小喬對質，說不準還會被轟出月河鎮，直接打包行李去蹲苦窯。

愈來愈冷了，濕透的衣褲布料自我的肌膚毫不留情地奪走體溫，像是糾纏不休的水蛭。我強忍不適，以顫抖的雙手取出一疊疊資料，快速瀏覽過後又鬆手往地上扔，什麼都沒有，都是些派不上用場的垃圾。

白忙一場以後，我開始懷疑自己是否眼花了，導致漏看了某個抽屜或某疊文件，可是我沒有時間再來一遍了，以這樣的效率而言，恐怕到明日太陽升起時，我還在紙片的地獄中悲慘沉淪。

又或者，是我搞錯辦公室了？也許議長辦公室才是存放機密檔案的地方。想來自己也真夠愚蠢的，重要的個資怎麼可能隨便放在一般職員的辦公室裡頭，連門都沒鎖，讓外人得以長驅直入？

焦慮和失望化作蒸騰的怒氣，我一拳砸向鐵櫃，隨後又補踹了一腳，接連兩聲砰然巨響在辦公室內餘音迴盪。發洩完畢後我頹然蹲坐於地，時間分秒必爭，我卻有氣無力，像團濕答答的爛泥般癱在冰冷的地板上一籌莫展。

這時，原先大鳴大放的警報器驀地熄滅，我心頭一凜，彷彿一盆冰水迎頭澆下。

這下慘了，要嘛就是有人進入大樓關閉警報器，要嘛就是月河鎮的警報系統也能經由電腦遠端操控，無論是哪一種，都表示議長已經接獲通報，而且保全人員已經抵達，或是在趕往現場的路上。

我在心裡不停咒罵，可惡的警報器，可惡的電腦化……

電腦？

我倏地抬頭，對啊，都什麼年代了，資料當然會被輸入保存，行政工作會被電腦化嘛。我將自己從地上撐起，匆匆走向看似主管所屬的大辦公桌，拉開椅子後坐進座位，開啟電腦主機和螢幕。

千萬不要有開機密碼，拜託。

螢幕亮起，短暫的藍光閃爍後，隨之而來的是一片藍天綠地的景致，我的心臟停了半拍，人生首度為了再簡單平凡不過的開機畫面感到如此興奮，若非緊握拳頭，讓指甲深深陷入了肉裡，否則真會開心得尖叫出聲。

我以滑鼠點開一個檔名為「員工個資」的資料夾，螢幕上立刻出現了上千個密密麻麻的檔案，排列順序看似毫無規則，並非以開頭筆劃依序整理，看起來是以建立檔案的時序往後排的。

我記得電腦有種「搜尋檔案」功能，可是情急之下，我突然忘了怎麼使用。我嘆了口氣，埋怨起自己有勇無謀的爛計畫，好極了，現在若是一個接著一個檔案向下瀏覽，恐怕會跟剛才一樣，什麼也找不到，只覺得頭昏眼花。

對了，忘記「搜尋檔案」指令，還可以使用「排序方式」指令啊。我將所有檔案以開頭筆劃重新遞增排列，一下子就找到了開頭為「穆」的一系列檔案資料。

下一秒鐘，我卻發現自己迷失在一堆名字之中。

這些是什麼？

明明是規律的文字，忽然間卻像是跟我玩起躲迷藏似的，變為一堆奇形怪狀的密碼……

不對，我用力甩了甩頭，檔案的名字就在那裡，為何映入眼簾的是簡單的文字，腦中呈現的卻是被深奧難解的天書？我怎麼像是感染了閱讀障礙的急症？

我的手心冒汗，腦袋發脹，冰冷如潮汐舔舐著我的胸口，緊張帶來的燥熱則像第二層皮膚般將我緊緊裹住。我的身體忽冷忽熱，猶如難以預測的氣候變遷，一定是壓力太大了。

隨後我閉上眼睛，深深吸氣，數了十秒以後才深深吐息，然後再次睜開眼睛，吃力地拼音——

我努力突破壓力創造的幻境，讀出一個再一個的名字，終於，我在眾多開頭為穆的名字中，發現了小喬。

就在我點開「穆思喬」文件檔的剎那，一陣嘈雜的腳步聲向我逼近。我迅速關上螢幕，同時關閉手電筒的光源，停下所有動作後側耳傾聽，希望他們經過人事室時不要停下腳步，直接去金庫或保險櫃之類更重要的地方。

拜託，拜託……

命運這次顯然沒有站在我這邊，好幾組腳步聲由遠而近，最後在人事辦公室門口駐足。轉瞬間燈光大亮，我想閃人，想提著比平常重三倍的褲子沒命地往外跑，光明之中卻已無所遁形。

「果然是他。」詹議長率先走入辦公室，帶著一副興師問罪的口氣。

路姊和小喬跟在他身後，三個人都有攜帶雨具，其中路姊和小喬的外套下還穿著成套睡衣，襪子和鞋子都已經濕透且沾滿泥巴，看來是在非常倉促的情況下出門。

「抱歉，沒注意到他偷溜出來是我的錯，我應該看緊他的。」路姊皺眉說道。

「可不可以請警察不要來，別讓他留下案底？」小喬脫下她身上的外套，擔憂地為我披上。

「我早就料到會發生這種事情，所以月河鎮才嚴禁家屬以員工身分入內工作。」詹議長朝我睥睨一眼，冷冷地說。

廊道、辦公室和燙金名牌組成了這難以高攀的皇宮，議長和他的左右手像是高高在上的皇族。我明明身上還套著溼漉漉的衣服，卻覺得渾身赤裸。

「禁止家屬以員工身分入內工作？搞清楚，邀請卡是你寄給我的，這怎麼能怪在小喬頭上呢？」我對他吼道。

詹議長不理會我，逕自對小喬責怪道：「妳應該很清楚，病無法根治，只能減輕症狀！這下可好，報告該怎麼寫呢？」

「真的很抱歉，可是整棟大樓只有窗戶被破壞，應該不致於驚動政府單位吧？」她咬著下唇。

「是不致於，但是已經足以激怒我了，我對妳的耐性已經用盡。」詹議長咬牙道。

「詹議長，冷靜一點。」路姊伸手抓住詹議長的手腕，彷彿這樣能牽制他的脾氣。「是我放小喬進來工作的，你不會也想把我抖出來吧？小畢就是因為疾病，所以才會有那些反應，我們應該把這次經驗當做珍貴的材料記錄下來，而不是拼命追究責任。」

「什麼意思？什麼病？」我茫然轉頭詢問小喬。「妳沒有失憶，也沒有人格分裂，其實是證人保護計畫，不是嗎？」

「證人保護？虧你想得出來。」詹議長不高興地說。

「你們把我太太換了個穆思喬的身分，然後藏在月河鎮裡，還替她胡謅了家庭背景和畢業學歷，不就是為了保護她的真實身分？」我質問。

「誰告訴你的？」路姊問。

「沒有人告訴我，我自己猜到的。」我開啟電腦螢幕，小喬的個資檔案視窗立刻跳了出來，首先映入眼簾的是一張大頭照，照片上有個白皙漂亮的女孩，但不是我的妻子。「看吧！」我把螢幕轉向眾人。「根本就不是小喬。」

「當然不是！」詹議長惡狠狠地瞪了小喬一眼，後者心虛地低下頭。

「原來如此，難怪你最近的行為舉止那麼怪異。路姊從外套裡層取出一個信封。「這是你的吧？」

信箴裝的是DNA比對實驗結果，白色的信封，帶來白色的消息。

「你們偷了我的信？」我瞪大眼睛，不服氣地說：「我房間裡的書，肯定也是你們偷的吧！」

「信是剛送到的，我看到寄件地址時就猜到了個大概了。至於你說的書，我是完全不知情的。」路姊將信封遞給我。「小畢，你真的什麼都想不起來了，對不對？」

我向她投以不信任的目光，小心翼翼地接過信件，惟恐這是一場騙局。「有一個晚上，我偷偷跟蹤小喬到詹議長的辦公室，看見她們兩個抱在一起，那時候我就知道這兩人一定有不可告人的祕密。」我忿忿地說。

「什麼？」路姊詫異地問。

「詹議長先是對小喬大發雷霆，然後兩人又言歸於好，最後就摟摟抱抱。」我咬牙切齒地說。

「你那個晚上在辦公室外？」路姊問。

「對。」我說。

「你親眼看到那一切？」她又問。

「是的，我從窗戶上的影子看到的。」我回答。

「那你應該看得出來，起爭執的是詹議長和小喬沒錯，摟抱的卻是詹議長和我啊，當時我也在辦公室裡面。」路姊低語。

「什麼？」我困惑地問。

「小路是我的未婚妻。」詹議長雙臂交疊於前，大方承認。

「這又是什麼把戲？因為證人保護計畫的祕密不能外洩，所以你們聯合起來唬我？」我回瞪他們。

「他們說的是真的。」小喬遲疑的目光在詹議長和路姊之間來回逡巡，最終啞著嗓子開口說道：「你什麼都不記得了，對不對，爸爸？」

「妳說什麼？」我踉蹌倒退。剎那間，整個人彷彿被急速冷凍。

小喬的這番話猶如墜湖的巨石，在我心裡湧起陣陣波濤。

「小喬說的是真的，本來我們也不希望你們的父女關係被揭發，畢竟月河鎮並不允許親屬在園區內工作，只能行使探視權。」路姊說。

「不對，她是烘焙師傅穆思喬，我親眼見過她做蛋糕。」我堅持。

「正確來說，她的名字是畢云喬。」路姊頓了一下，「畢可為和季之青的女兒。」

「這條項鍊，是媽媽留給我的。」小喬拉開領口，以手指勾起那條細細的銀鍊，J字型鍊墜。

「不相信的話，你可以打開手中的DNA親子鑑定看看，我沒有拆開來讀過，不過我可以確定，信件內容肯定是小喬和之青的DNA百分之百吻合。」路姊說。

「我不明白……」我喃喃道：「小喬和之青長得一模一樣，都吃素，都對海鮮過敏，而且都是左撇子……」

「因為我是您和母親的女兒啊。」小喬苦澀地說。

「如果妳是我的女兒，那真正的穆思喬又在哪裡？」我問。

「這就是問題所在了，畢先生，您的女兒冒充她同學的名義進入月河鎮工作，希望能就近看顧您，這是不被允許的。起先我也沒有發現，畢竟只有住在這裡十年的葛女士見過真正的穆思喬，直到小史向我舉報，我才開始懷疑。」詹議長寒著臉說。

「是我不好，我跟小喬是多年的好朋友了，當小喬對我提出要求，我實在狠不下心拒絕，小畢是她唯一的親人了。」路姊嘆氣。

「那……園遊會那個警察怎麼說？他叫小喬保守祕密。」我結巴地說。

「那個警察是王媽媽的外甥，他只是在搭訕。」詹議長說。

「王媽媽的外甥知道我和他姨母感情很好，所以拜託我不要告訴別人她前年住進月河鎮後，丈夫就拋棄她了。嚴格說起來，她應該冠娘家的姓，早就不是王媽媽了。」小喬解釋。「我們先帶他回公寓吧？這樣會感冒的。」

「妳說妳是我女兒？」我伸出雙手，卻看見兩隻遍佈藍色血管、皺紋與老人斑的肢體，接著我伸手摸自己的臉，卻摸到鬆垮的皮和雜亂的鬍鬚，不對，這些都不屬於我，我的雙手一陣亂抓，扯下一把白色的鬍子。「妳是我女兒，那之青在哪裡？」

「爸爸從前非常依賴媽媽，所以在他的記憶中，最清晰的也是和媽媽共渡的歲月。」小喬哀傷地說。

「小畢，很抱歉，你患有阿茲海默症，簡單來說，那是一種腦部病變，會造成神經纖維糾結和神經細胞死亡，目前尚未開發出能修補神經細胞的藥。」路姊對我說。

詹議長接著說道：「月河鎮是阿茲海默病患的養老院，路姊就是你的看護。房間之所以沒有鎖頭、浴室也沒有鏡子，就是怕造成危險。這個安全城市採取聯合公寓制度，讓看護和病患同住，城內也有餐廳、超市和商店，希望讓患者繼續過和正常人一樣的生活，可以自己採買、下廚，減緩發病的速度。至於活動中心安排的社團活動也是一樣，插花、賓果遊戲和游泳等課程，也都是為了病患特別設計的。」

我將路姊從頭到腳仔細打量一番，簡單的髮髻、樸素的套裝、舒適好走的便鞋，她是詹議長的左右手。路姊一直都跟在附近，因為她是我的看護？

小史譏諷地要我自己照照鏡子，意思不是我不夠體面配不上小喬，而是我早就垂垂老矣？

房門無法上鎖。外出需要陪同。全鎮不使用貨幣。周遭架設電網……

不不不不不不不！

「輕度患者我們會給予憶思能或是愛憶欣，補充患者體內缺乏的乙醯膽鹼。針對中度患者，我們也會給予威智或憶必佳，只不過，阿茲海默的病程很長，藥物都只能減輕症狀，無法根治，所以才需要建立像月河鎮這樣的地方，專門照護病患。除了投藥以外，我們也並行非藥物療法，包括復健、團體活動和音樂療法，讓患者有歸屬感和安心感，對自己還有能力做的事情有實際感受。」路姊向我走近兩步。

我搖頭，再搖頭，我虛弱地摟住自己，隱隱發起抖來。

路姊在我身邊蹲下，以一種惋惜的姿態，抬頭對我說：「你難道不覺得奇怪，月河鎮裡頭住的都是些鰥夫寡婦嗎？沒有家庭，也沒有夫妻，因為居民都是患有阿茲海默症的老年人。我們聘僱街頭藝人，是為了讓失智症患者多點刺激，我們讓你在狀況比較好的日子裡到戶外吹奏薩克斯風，對你來說是一種有效的復健，對其他人而言則有音樂療法的效果。」

「我爸已經全身濕透了，這樣會生病的，我們先帶他回公寓吧？」小喬懇求。

詹議長將雙手交疊於胸前，問：「那這些破壞怎麼辦？」

「東西壞了可以修，帳單儘管寄給我就是了，可是我只有一個爸爸啊，他在大雨中到處亂跑，要是感冒引起肺炎怎麼辦？」小喬的眼角噙著焦急的淚光。

「詹議長，我們先請維修人員把那扇窗戶補好，然後重新啟動警報系統，等暴風雨過後再處理吧。」路姊說。

「也只能這樣了。」詹議長不甘願地說。

小喬說她不是之青，可是我明明在她身上看見之青。

「之青呢？我要找之青！」我大喊。

「爸，媽媽在許多年以前就過世了。」小喬哽咽，淚水終於潰堤。

我故意不去看那哭泣的女子，我想和她以及她的謊言畫清界線。「不，我不是住在養老院裡的老頭子，我是薩克斯風演奏家！我要找我太太。」我強調。

之青之青之青之青……

「一開始你會有記憶障礙，伴隨著睡眠障礙，覺得思考打結、判斷失誤，而且會難以下定決心，接著會情緒不穩且具有攻擊傾向。然後是認知障礙，你會有失語和失行的問題，最終就是失能。」路姊輕聲道：「不過別擔心，我們會照顧你。」

「不，我是被雇用的音樂家，我還參加了園遊會街頭藝人票選活動呢！」我重申。

「那好吧，我們去看看布告欄。」小喬吸吸鼻子，說道。

她走向我，白皙的小手牽著那隻不屬於我的皺巴巴的手，弓起背拉著我的身體和意識往前走，猶如一隻負載過重的馱獸，她想帶我去哪裡？

我拖著腳步，在五里霧中飄移、再飄移，最後在一面寬闊的大牆前方停下。

「你看，佈告欄上沒有你的名字，上頭根本沒有薩克斯風演奏家的選項。」小喬低聲道。

我抬起頭，不解地微微張口，閱讀障礙再次戲弄了我。
我的靈魂受困於一具陌生的皮相。

第十六章

25歲

鑽石戒指璀璨奪目，繁複的切割面將幽暗的燭光以不可思議的倍數交錯反射，輝映出冠冕般的亮澤光芒，令之青幾乎睜不開眼，這是每一個女人夢寐以求的時刻。

「嫁給我。」寶強臉上洋溢著自信的笑容，他的求婚台詞不是問句或疑問句，而是不容置喙的肯定句。

之青目測那只求婚戒起碼有三克拉，她仰賴的不是對寶石的鑑賞力，之青只是個小學老師，雖然家境還算寬裕，因為興趣缺缺，所以對珠寶也僅是一知半解，全身上下最貴重的首飾便是鑲在耳垂上的那對珍珠，還是為了配合男朋友訂的高級餐廳才特別戴上的。

之所以如此猜測，完全是根據對男朋友的了解。梁寶強是知名的梁家古董拍賣商行的唯一繼承人，向來出手大方，也不吝於公開展示自身財力。不過之青愛的不是寶強雄厚的身家，出自某種對專家學者的景仰，在某個畫展上見識過寶強對藝品與歷史的豐富涵養後，之青便對能言善道的寶強傾心不已，那是兩人的初次邂逅，交往至今也滿一年了。

眼前的男人與鑽戒同樣高貴華美，為了不給寶強丟臉，之青特地精心打扮。她身穿一襲水藍色的絲質洋裝，輕薄的布料包覆著她飽滿的胸臀，很能襯托她白皙的皮膚，讓她看起來像是藍天白雲的大晴天，一頭紅髮燦若陽光。

其實不需要刻意妝點自己，之青就很美麗了。二十五歲，芳華正盛，是一個女人的顛峰年齡，適度的洗練減少了少女時期的稚氣，長時間與孩子相處的工作，又讓之青保持溫柔與赤子之心，宛若一顆嫣紅的無花果，艷麗中略有少許青澀，散逸芬芳甜美的氣息，正適合自枝頭摘取。

寶強說過，就是喜歡之青這樣出污泥而不染的氣質，彷彿是渾然天成的大家閨秀、古董拍賣商行的老闆娘。

「這可是卡地亞古董鑽戒『太陽神的桂冠』，主鑽重四克拉，周圍繞以一圈箭型的黃寶石碎鑽，是我親自從蘇富比競標來的。」寶強鼓勵地朝之青點點頭。「妳看看它，那純金的葉型戒圍多精緻古典，當我一聽說太陽神的桂冠重現天日，就覺得非常適合送給未來的妻子。」

寶強略微轉動戒指，餐桌上的浪漫燭光頓時在求婚戒指周圍婆娑起舞。隔壁桌坐了兩名裝扮入時的年輕女子，兩人竊竊私語，毫不客氣地以貪婪眼光打量鑽戒，之青不自在地閃避隔壁桌滿是妒意的注目禮，寶強倒顯得老神在在，畢竟身為黃金單身漢的他早就習慣被當作崇拜的焦點。

舞台上的樂隊正演奏著一首輕柔的老歌，薩克斯風沙啞的嗓音低聲呢喃，樂師是個年輕男子，他閉上眼睛忘情投入地演奏著，顯然十分熟稔樂譜上的每一個小節與音符。

「我跟我母親商量過了，等結婚後，妳就辭去工作，專心準備懷孕生小孩。」寶強咧嘴一笑，露出潔白皓齒。

之青露出不解的表情，寶強則繼續說道：「因為我是獨子，為了讓家族開枝散葉，希望我們至少生四個小孩，如果沒有男的，就再多生幾個，反正家裡養得起。」

之青因震驚而呆呆地望著男友，演奏的樂聲似乎隔了一層朦朧布幕，音樂被拆解得零碎，溜進耳中只剩下嗡嗡作響。

「我知道妳熱愛妳的工作，也是真心喜歡那些孩子，可是我不希望我的妻子繼續在外拋頭露面，至於孩子，我們自己生不就得了？」寶強將戒指放在桌面上，伸手握住女友的一雙細緻小手，微笑道：「之青，我愛妳，讓我養妳一輩子吧。」

「我也愛你。」之青的喉頭乾澀。

燭光晚餐、現場演奏、古董鑽戒。只要戴上戒指，就能立刻擁有一個帥氣多金的未婚夫，一切是如此完美。

之青深深望入寶強的雙眼。她輕啟朱唇，吐氣如蘭，卻道：「我需要時間想想。」

「什麼？」寶強一怔。

「寶強，結婚是大事，需要審慎思考。」之青的語調柔軟如絲綢，眼神固執如銅牆鐵壁。

「青青，我知道妳覺得自己還年輕，可是二十五歲其實已經不年輕了，再過一兩年，就會過了生育的黃金年齡。」他不習慣受到拒絕，語氣頓時轉為急切，剎那間引來鄰桌客人好奇的打量目光。

「我們才認識八個月而已，和彼此的家人都不熟悉。」之青咬著嘴唇，壓低音量說道。

「等結婚後住在一個屋簷下，自然就熟啦！」寶強皺眉。

「我跟你母親只見過兩次面，說過的話不超過三十句！」之青依然面有難色。

「就是因為妳這種態度，所以才和我母親這麼不熟悉。難怪妳不知道我母親有多麼想抱孫子！多少女人想幫我生小孩，我都拒絕了，因為我只要妳。」寶強忿忿地將戒指盒用力放在桌上，接著強硬地說：「給妳一根菸的時間。我出去抽根菸，在我回來之前，妳最好想想如何謹言慎行。」

語畢，寶強便從口袋中掏出菸盒和打火機，粗魯推開椅子後大步離去，把鑽戒和女友獨自留在原地。

之青一語不發，目送男友漸行漸遠的背影。

餐廳面對窄巷的小門外，樂師手上握著的不是樂器，而是菸嘴。

現在是小畢的休息時間，他有十分鐘的空檔能夠上廁所或喝杯水，但是他選擇溜出後門抽根菸，尋求另一種形式的放鬆。有人說抽菸對健康不好，而且還會讓肺活量變得糟糕，進而影響演奏時的表現。但是對小畢來說，尼古丁的滋味就好比撩撥情感的音符，香煙和音樂都有令他放鬆的奇妙功效，他寧可少活幾年，也要在還活著的時候享受每分每秒，況且，能夠以演奏薩克斯風為職，已經讓小畢別無所求。

濃郁的菸草味充滿肺葉，小畢滿足地嘆了口氣，倚著牆壁蹲了下來。這時小門再度打開，一名女子踱著沉重步伐走出，兩人的目光短暫交會，女子禮貌性地向他點了點頭，勉強擠出的笑容仍難掩苦澀。

小畢認得她，藍衣女子和她的男伴方才就坐在舞台正前方，當她那衣著光鮮的男伴亮出大得很不真實的求婚戒指時，就引起了餐廳裡客人們的第一次關注；而當那男子喝斥求婚對象時，則引起了第二次關切。從頭到尾，女子的眉頭都像是拴著一道重鎖，嬌美的面容滿是濃得化不開的哀淒，這一幕就連舞台上的樂師都注意到了。

「嘿，妳還好嗎？」小畢朝她喊道。

「我男朋友真是個王八蛋。」女子經陌生人這麼一問，像是找到了宣洩的出口般，咬牙切齒地罵道。

「嘿唷，妳怎麼知道我的小名是王八蛋？我想我們應該還沒進展到那一步吧？」小畢挑眉道。

女子被逗笑了，她從幾呎之外走向小畢，後者便自牆邊起身。

「我是小畢，畢可為。」

「季之青。」

「想聊聊嗎？剛剛那位西裝筆挺的幸運傢伙是你未婚夫嗎？」小畢問。

「只是男朋友。」之青沒好氣地說。「搞不好過了今天，就連普通朋友也不是了。」

「喔？那傢伙的看法好像和妳有很大落差呢，他付了一大筆小費要我演奏『愛的故事』，說是要向女朋友求婚。」小畢說。

「我喜歡的是『Moon river』。」之青冷笑。

「看來某人的求婚沒有成功。」小畢聳肩。

「在公共場合求婚根本就是趕鴨子上架，不答應都不行，太狡猾了！我說我對於結婚的事情需要在考慮看看，結果他居然叫我靜下心來好好反省反省。」之青轉身踢了牆壁一腳。

「別太苛求了，男人對於求婚這碼子事本來就會有點心虛，就好比出來找工作，自己信心滿滿地去面試，結果老闆卻不願意用妳，那種打擊可不僅止於對專業能力的否定，更像是對方從頭到腳、從裡到外看不起妳，簡直是對靈魂的污衊！」小畢吸了口菸，接著用力搖頭，把煙霧甩得滿臉都是。

之青忍俊不住，道：「你也太誇張了吧。」

「是真的！」小畢又道：「求婚又比求職更嚴重一百倍了，被老闆拒絕可以扭頭就走，頂多窩在家裡舔舐傷口一個禮拜，等到羞辱的感覺漸漸被遺忘後又可以重新出發。若是求婚被拒絕，那可是絕頂丟臉的事，代表過去的花前月下都是假裝出來的，那種打擊根本是世界末日！」

「說得頭頭是道，怎麼？你結婚了嗎？」之青問。

「當然沒有，我何必自掘墳墓？」小畢一臉無辜地說。

「所以說啊，你們男人都是一國的，專門會維護彼此。」之青翻眼一瞪。「不是有個笑話這麼說的嘛，要是找不到男朋友，打電話給他的哥兒們查勤，每個都會說他跟自己在一起。」

「聽說男人的友誼建立在啤酒、球賽和互挺的義氣上，女人的友誼則築構在血拼、八卦和眼淚中。不過我個人是不會有這種困擾。」

「怎麼說？」

「人緣差沒朋友嘛，況且，如果我有個像妳那麼漂亮可愛的女朋友，肯定趴下來吻她的鞋子，然後跟她求婚。」小畢咧嘴一笑，道：「話說回來，妳的脾氣好像不大好。不過，在男朋友面前，妳好像又忍耐力特別強。」

「是啊，在愛情面前，每個女人的智商都少了一半。」之青嘆氣。

「妳到底為什麼不想結婚？」小畢問。

「我不喜歡我男朋友的母親，她太過強勢了，什麼都要管，舉凡上班穿的西裝品牌到家裡晚餐得菜單，通通都要親自拿主意。但我更不喜歡男朋友一提到母親，就變成了個媽寶，說好聽點是尊重孝順，說難聽的就是沒主見。」之青滔滔不絕地數落起未來婆婆。

「妳沒有試著跟男朋友談談看？」他問。

「怎麼談？母親簡直是他的上帝。」她說。

「我猜他八成還沒斷奶，去翻翻看他的包包，裡面說不定有奶嘴。」小畢建議。

「你嘴巴好壞！」之青訕笑。

「妳還不是聽得很樂？」小畢聳肩，過了一會兒，他說道：「不如這樣吧，把妳男朋友甩掉，跟我約會好了，我無父無母，孑然一身。」

之青瞪大眼睛，笑著罵道：「你都趁女孩子心情不佳時佔人便宜嗎？」

「我是認真的。」小畢眨眨眼睛。「妳這麼固執不通，就算現在努力隱忍，好啦，真的讓你們掐著彼此的脖子結婚好了，婆媳不合的問題沒有解決，衝突浮上檯面只是遲早的事。」

「唉。」

「讓我算一算，嗯，我認為妳十分鐘後就會忍不住發火。還是跟我約會吧，我的父母住在鄉下，不太干涉我的生活。」小畢嬉皮笑臉地說。

之青又被逗笑了。「你這個人真搞笑。」

「是啊，沒吹薩克斯風的時候，我都主持脫口秀。」

「真的？」

「跟我約會，就知道是真是假了。」

「別鬧了。」之青看看手錶，說道：「我該進去了，謝謝你陪我聊天。」

「別客氣，快進去甩了那傢伙吧。」小畢老神在在地揮揮手。

之青走向餐廳後方的窄門，跨入門檻的同時不忘回眸一笑，接著她轉過身子低頭入內，嘴角的笑意與飛揚的裙擺盡數收攏。

這時小畢才注意到，自己的心跳竟猛烈得好似五線譜上的音符添加了強音記號。

之青回到座位上時，寶強正不耐地把玩腕間的鑲鑽袖釦，見之青出現，也沒有殷勤地幫忙拉椅子陪笑。

之青知道男友向來厭惡遭受否定和拒絕，就之青記憶所及，上一次寶強大發雷霆，是因為約會的米其林三星餐廳主廚臨時生病請假，改由副主廚代為料理。用餐的時候氣氛還很好，寶強也一直頻頻稱讚牛排鮮嫩多汁，直到用完甜點，當他向餐廳經理提出親自向主廚致意的要求時，才赫然發現主廚根本沒上班。

這下可好，寶強勃然大怒，冷笑著說自己吃了一肚子假貨，還嘲諷該餐廳根本是掛羊頭賣狗肉，沒有高明的廚藝、徒有高超的騙術，和借用他人直到行醫的江湖郎中沒有兩樣。要不是之青苦苦哀求，寶強真的打算動用關係替餐廳摘掉一顆星星。

回想副主廚現身的那一刻，寶強也是這樣冷淡無禮，之青心知男友安靜並不是因為脾氣好或詞窮，而是他正在默默策劃著如何反制。

「親愛的？」之青審慎地考慮用字。

「妳知道嗎？這只『太陽神的桂冠』可是我母親建議我競標的，母親說既然負擔得起，當然要選一只世界知名的古董戒指，才配得起我們家族的新成員。等到要舉行婚禮時，她會再將家族代代相傳的紅寶石戒指贈予我們作為婚戒。妳看，她這麼為我們著想，妳怎麼好意思不領情？」寶強質問。

之青啞口無言，她用力眨眨濃密的睫毛，一時之間不知該如何應對。在她看來，寶強的母親砸下重金競標戒指，無非是為了梁家家族的面子，和替未來媳婦著想根本無關。

「怎麼樣？」寶強微微皺眉，俊俏的臉龐覆上一層陰影。

之青凝望眼前向自己求婚的男人，感覺進退維谷，她既不想面對勢利眼的梁家夫人，又不想失去相愛了八個月的男人，於是不禁暗暗埋怨起那顆大鑽戒。而且隔壁桌的又在看了，不友善的注視彷彿有溫度似地灼燒之青的皮膚，讓她更加坐立難安了。

「等等，在妳決定之前，我必須先告訴妳，母親已經在家裡準備了盛大的訂婚派對，就等我們回去。鮮花、餐點和香檳酒無一不缺，就差男女主角了。」寶強瞥了手錶一眼。

「你是說梁家莊園？」之青一震。

寶強家位於市郊，是一幢挺過戰火、擁有百年歷史的別墅，四周還有偌大的庭園環繞。性喜浮誇的梁夫人若是下定決心要在梁家莊園舉辦派對，其規模肯定是非常、非常、非常的盛大。

「怎麼不先通知我？」之青緊張地問。

「現在不就告訴妳了？對了，母親不僅邀請了許多拍賣這一行的朋友，還邀請了妳的家人和幼稚園的同事。」寶強賣關子似地頓了一下，接著又說：「另外，還有幾個平常關係維持的不錯的記者朋友也應邀參加，妳打算讓這麼多人失望嗎？」

沒料到寶強居然出這麼一招，之青頓時甚為惱火，原來全世界都獲知兩人的婚訊了，卻只有新娘子本人還沒點頭，這下子箭在弦上、不得不發，要是自己不答應求婚，豈不成了毀婚、逃婚了？

舞台上的樂聲再度響起，熟悉的旋律猶如一把輕柔的羽毛扇，撩撥著之青的心弦。之青瞥見方才在後巷攀談的那名樂師已經回到崗位，正以薩克斯風獨奏起自己最喜愛的曲子「Moon river」。

恍惚之間，所有的焦慮、厭煩和困窘彷彿都被音樂洗滌而淨，未來在這一刻撥雲見日，似乎有了解答。

「就連吹薩克斯風的先生都知道我喜歡什麼。」之青神色黯然，聲音如鉛般沉重。

寶強置若罔聞，他向侍者招手，準備買單。「準備回去參加派對了嗎？」

侍者畢恭畢敬地將帳單送上桌，彷彿那是一張獎狀。之青注意到總金額另外加上了百分之五十的小費，嚴格說起來，那張帳單確實是一張獎狀，一張由財大氣粗的梁家家族所頒發的炫富證明。

寶強爽快地簽了字，一臉驕傲地說：「以後你就是梁太太了，妳也能夠在帳單簽上這個姓氏。」

「我想繼續姓季。」之青冷道。

「什麼？」這下子換寶強傻眼了。「妳不打算冠夫姓？」

「不是，我是不打算嫁給你。」之青乾脆地回答。

從頭到尾都在偷聽的隔壁桌女客倒抽了一口氣，兩人交頭接耳起來，頂著蓬鬆金色捲髮的那個向之青投以輕蔑眼光，似是在責備她不知好歹，另一個是深棕色的鮑柏頭，她虎視眈眈地盯著寶強面前的戒指盒，彷彿水中鱷魚凝視岸邊的牛羚。

寶強不可置信地緊蹙眉頭，問道：「我花了這麼多時間解釋，妳怎麼還是搞不懂？」他重重地嘆了口氣，耐著性子說道：「我再說一次，上百個人在家裡等妳回去慶祝我們的訂婚，這是豪門和平民百姓的聯姻，是童話一般的愛情故事。青青，過去八個月我們都相處得很好，自然而然就該走到結婚這一步，不是嗎？」

「我看搞不懂的人是你。」之青鼓起勇氣，提高音量道：「我們確實在約會沒錯，但是還沒有走到婚姻那一步，八個月來我總是順著你，陪你去藝廊看畫展、陪你吃遍這個國家裡的每一家高級餐廳的羊小排，其實我根本不喜歡羊肉，你壓根不知道我喜歡吃墨西哥菜吧？」

「我都帶妳去最頂級的餐廳耶！不喜歡羊小排，就點龍蝦呀！」寶強驚叫。

「這就是問題所在，你從來不問我的意見！我對海鮮過敏。」之青委屈地說。

「天哪！」寶強以手指按壓太陽穴，苦著臉說：「母親說得對，妳不夠成熟，太不識時務了，要成為梁家女主人，還需要好好磨練。」

「什麼？這麼說實在太羞辱人了。」之青的心彷彿瞬間被冰封，自尊則灑了一地。

「沒關係，親愛的，我不怪妳。」寶強伸出雙手，分別握住之青的肩頭，道：「妳來自平民家庭，從小吃微波食物、穿平價成衣長大，自然缺乏淑女該有的應對進退的禮儀，無所謂，我不怪妳，我就是喜歡妳的單純可愛，禮貌可以等結婚以後再訓練，母親已經說了，她會親自教導妳，還會找教練陪你學高爾夫和花藝，培養妳對藝術的品味和氣質。」

彷彿頭頂的陰霾漸散，之青覺得自己瞬間看清了寶強那刻薄的嘴臉。她心想，高高在上的梁家竟以為這樁婚姻是莫大的恩惠，寶強是如此自以為是，自己以前怎麼都沒看出來？還是因為被愛情沖昏了頭，所以視而不見？

之青甩開搭在自己肩上的手，氣呼呼地說：「我的家庭雖然普通，但是可沒有少教我禮貌！在我看來，你們那種金錢至上的態度根本是扭曲的價值觀，對財閥鞠躬哈腰、對窮人嗤之以鼻，這種勢利眼的態度才不禮貌咧，連我那些幼稚園的學生都比你和你媽知書達禮！」

之青的反擊宛如惡狠狠的一巴掌，寶強的面頰立刻泛紅，惱怒的色彩慢延至耳根。

發洩完情緒以後之青立刻噤聲，她知道自己把話說得太重，可是話已出口，猶如覆水難收。

這對為了一只婚戒而爭執不休的情侶隔著桌子，就這麼怨懟地瞪視彼此，為了戒指要安放在盒子裡還是手指上僵持不下。

幾分鐘後，寶強閉上雙眼做了幾次深呼吸，再睜眼時雙瞳裡燃燒的怒火終於平息，轉變為焦黑的餘燼。

「我要的不是施捨，只是平凡的生活。」之青低聲說道。

「那妳就繼續平凡吧。」寶強不屑地冷笑。

「梁先生，」隔壁桌的女客——有蓬鬆金髮的那個，她以食指纏繞著一撮頭髮，放膽露出充滿暗示的挑逗笑容，問：「剛才那個邀約還算數嗎？」

「當然。」寶強側身轉向隔壁。

「所以我們可以去參觀梁家莊園的水療池囉？」鮑伯頭的那個興高采烈地說，忽然懊惱地尖叫：「唉呀，可是我沒有帶泳衣和換洗衣物耶！」

「沒關係，梁先生家裡一定有很多衣服可以借我們。」金髮女子故意拉低上衣的胸口。

「我的浴袍借妳們，不過對兩位來說有點大，要不要穿就隨意囉。」寶強俊朗的面孔帶著一抹惡意的淺笑，像是故意說給之青聽似的。

之青感到羞憤交加，紅撲撲的雙頰像是高燒數日那般滾燙，腦筋好像也變得不太清醒。男朋友竟然當著她的面公然與別的女子調情，那張熟悉而迷人的五官忽地變得陌生而遙遠，眼前的男人是個混帳，她覺得自己的男朋友消失了，又或者，她從來就沒有真正認清楚寶強的為人？

「你是在報復我嗎？就為了我對婚期的規劃和你不一樣？」之青苦笑。

寶強略微調整姿勢，表情顯得嚴峻而冷酷。「之青，為了跟妳在一起，我做了很多犧牲，可是妳居然不願意為我做一點點的調整？妳的確很美麗，可是漂亮的女人滿街都是。」寶強將「太陽神的桂冠」收進口袋，向隔壁桌微笑道：「有人想要狂歡嗎？」

隔壁傳來刺耳的歡呼聲，寶強順勢將隔壁桌的帳單一併簽了，再次引發另一陣喧鬧。之青意識到，儘管自己不是個拜金女子，世界上還是有許多人將梁家的姓氏當作神祇膜拜。

八個月的濃情蜜意，轉念間就被輕易取代，突如其來的失落感令之青鼻頭一陣酸澀，滋味如陳年老醋般深沉。

「所以……就這樣了嗎？」之青倔強地別開臉，掩飾眼裡的淚光。

忽然間，冰涼的金屬觸碰到她裸露的手臂，之青瞥見金色的光芒緊貼著自己，不知什麼時候，小畢竟帶著薩克斯風悄悄來到桌邊。

「和我約會吧？」小畢單膝跪下，誠摯地說道：「我願意卑躬屈膝，只為了獲得青睞，我會向妳臣服，只求妳給個機會。」

「小畢，別鬧了，我現在沒有心情跟你說笑。」之青打發他。

小畢斜睨寶強，道：「金錢無法收買愛情。」接著又意有所指地瞄了隔壁桌一眼，「虛情假意倒是前仆後繼。或許我無法讓妳天天享受山珍海味，但我保證不用打壓伴侶的方式，或威而剛，來維持身為男人的顏面。」

寶強瞪大眼睛，怒道：「你胡說八道什麼？」

「自卑導致自大，這是很簡單的道理。重振雄風不該靠在情緒駕馭另一半，去看醫生比較實際。需要介紹家父的泌尿科醫生給您嗎？」小畢故作無辜。

「我一點問題也沒有！」寶強為了維護男性尊嚴，居然順著小畢的圈套回答。

「當然沒有！身為男人，怎麼能承認那方面有問題呢？」小畢壓低音量，以無限同情的語氣道：「我剛剛不小心聽到您幾乎餐餐吃海鮮或羊肉，那些都是壯陽的菜色呀！我說哪，家父的泌尿科醫生真的很靈呢。」

「你……」寶強氣得說不出話。

之青呆望兩人，一個是決定拋棄她的情人，一個是唐突逞英雄的陌生人，不知道該幫哪一邊。她生性低調，但此刻眼見寶強被整，其實心裡也有點幸災樂禍。

喧譁聲也讓餐廳內其他用餐的人們紛紛安靜下來，少數衣著光鮮的人士因遭受打擾而皺眉，大部分賓客還是好奇而八卦的，他們將之視為餐間暇餘的即興演出，有的乾脆放下刀叉，擦擦嘴後興味盎然地張望。

「餐廳經理呢？」寶強怒氣沖沖地將餐巾甩到桌面上，嚷道：「為什麼這個樂手可以擅自騷擾賓客？」

在鄰桌兩名寶強的新朋友的訕笑聲中，侍者簇擁著餐廳經理迅速走來，後者低聲斥道：「小畢，你已經嚴重影響到顧客用餐的情緒！到經理辦公室見我！」

小畢好整以暇地起身，回答：「我正在工作。」

「你說什麼？」

「除了最高檔的食物，我們餐廳志在提供客人最佳的服務品質和用餐環境。」小畢指著寶強說道：「這位客人明顯需要協助，他的男子氣概用錯地方了，顯然是某方面的宿疾造成，經我好意提醒，應該很快就會有改善。」

「你的工作是演奏音樂，不是胡亂給人問診看病，到後面去，我有事情和你談！」餐廳經理伸手牢牢抓住小畢的手腕，神色愈發猙獰。

小畢不理會他，繼續說道：「至於這位小姐，她可是暴力的受害者哪，男伴在公共場合施加語言和情緒暴力，照理來說可以叫警察。」

「人家可是梁家古董拍賣行的繼承人梁寶強哪！」一名侍者焦慮地在小畢耳邊提醒。

「咦？他是有錢人，所以你們可以對男人欺負女人視而不見？真可笑，你們的名字又不在他的遺囑上。」小畢理直氣壯地回嘴。

「這就是米其林三星餐廳的服務？記者我也認識不少，相信他們一定對於今晚的鬧劇很感興趣。」寶強雙手抱胸往後靠向椅背，語帶威脅地說。

餐廳經理臉色倏地刷白，像是一張沒有任何字跡的稿紙，被硬生生卡在打字機上動彈不得。

「夠了！小畢，你被開除了！」餐廳經理僵硬地鬆開小畢的衣袖。

「經理，請原諒小畢，是我剛剛在後巷向他吐了幾句苦水，才讓他萌生替我出頭的想法。」之青回過神，趕忙替小畢求情。

「之青，不需要把尊嚴拿來給這些狗眼看人低的傢伙當鞋墊，他們的血是冷的，心是凍的，只有屁股熱呼呼，因為太多馬屁精了。」小畢回答。

「請自便吧。」餐廳經理伸手指向餐廳大門。

在警察抵達以前，這場鬧劇便已曲終人散，寶強真的說到做到，他毫不留情地離去，臨走時還帶上兩名新的女伴。

餐廳經理好心地替之青攔了一輛計程車，讓她在淚水奪眶而出之前保留僅剩的尊嚴。

小畢灰頭土臉地被趕出餐廳，可是他的內心卻洋溢著狂喜，對他而言，另一段新的樂章才正要開始。

第十七章

「您知道自己今年幾歲了嗎？」眼前的女孩問。

「不太確定，三十嗎……還是四十？」我嘀咕。

「再想想？」女孩鼓勵道。

我用力回想，某種曖昧不明的光線出現在記憶深處，宛若步行在漫長漆黑的隧道內，遙望出口……在某個瞬間，某個電光火石的瞬間，一個名字有如太陽閃燄般燿燿發光……

「小喬？我的小喬？」

「是的！」

我記得小喬這個名字，它的發音像是一句充滿韻味的詩。「之青，我相信小喬這孩子一定會遺傳到妳家族那邊健康優良的基因。」有人在我腦中竊竊私語……

「你想起我來了？爸？」

一陣閃爍，短暫的光亮消失無蹤，隧道再次瀰漫幽暗，伸手不見五指。

「爸，你還記得『Moon river』嗎？」

那是什麼？我遲疑地搖頭。

「沒有關係的，爸爸。」女孩捏捏我的手。「我會喲。」

女孩從沙發上起身走向鋼琴，坐下後揭開琴蓋，她將雙手放在琴鍵上優雅律動，奏出一首非常動聽的曲子。

「爸，這首曲子是你教我彈的喔，還記得嗎？」

在小節與小節之間，陌生女孩回眸一笑，笑得很美、很燦爛。女孩有一頭似曾相識的金紅色長髮，她輕輕唱起歌來——

我沉浸在音符中，閉上雙眼、融入黑暗，任憑記性如喚不回的月光之河般，淙淙而去。

第十八章

永恆的34歲

小畢拖著疲憊的步伐和渾身酒味，一步一步緩緩爬上公寓裡的階梯，每走一步，他都希望前方的樓梯能夠永無止盡地延伸，最好永遠都到不了家。

家。烏煙瘴氣的代名詞。

他已經想不起來上一次自己期待步入家門，是什麼時候了。當他推開公寓那扇老舊的木門，室內滿是靜謐，彷彿可以聽見之青無聲的抗議。

小畢，你回來晚了——

小畢，你又喝酒了——

他把自己的頭髮抓亂，希望表面上看起來比實際上還要疲累一百倍，藉以躲避妻子的責難。可時下一秒，他再度以手指把頭髮梳理整齊，小畢心想，反正無論如何，八成還是逃不過妻子的言語攻擊，與其未戰先辱、令自己狼狽不堪，還不如保留最後一點尊嚴。

他褪下靴履，自玄關步入起居室，低垂的視線始終喪氣地注視地板，彷彿面前的屋子根本不值得一看，可是，今晚的安靜似乎延續的太長了，像是故障的秒針在原地彈跳，像是脫拍的間奏那般令人難熬，這場暴風雨前的寧靜令人不寒而慄。

小畢抬眼，小心翼翼地迴避妻子的身影，卻驚見棄置數月的飯廳竟亮著燈，餐桌兩側鋪著潔白的餐巾，還費事地折成了天鵝的形狀，桌子正中央有盤掩著鍋蓋的菜餚，而之青就坐在老位子上。

「親愛的？」小畢遲疑地放下薩克斯風樂器盒，問道：「今天是什麼特別的日子嗎？」

「你猜猜？」之青的臉上沒有表情，如凜冬時節的湖面，令人難以猜透。

久違的晚餐和妻子的異常冷靜，小畢身為丈夫的直覺大喊不妙，他的手心冒汗，背脊一陣森涼，妻子好整以暇的迎接反而更激發出他強烈的不安。

「我真的不想再繼續吵下去了，我為昨天、昨天的昨天以及過去每一天的爭執向妳道歉，可以了吧？」小畢決定先發制人。

「我接受你的道歉。」之青平和的臉龐泛起笑意。「不過我準備晚餐，不是為了這個。來，掀開你面前的鍋蓋。」她鼓勵地說。

雖然納悶，小畢還是順從地伸手握住鍋蓋握柄，將蓋子輕輕掀了起來。

盤子上，一根棒子直挺挺地躺著，上面有兩條淡淡的紅線。小畢知道那根棒子的用處，但對於線條代表的意義則不甚確定。應該是報喜吧？這根驗孕棒的地位不同，它彷若聖物，被妻子虔敬地貢奉在盤內，而非和其他眾多捐軀的先烈一樣，先是被哭泣抓狂的妻子揣在胸前，然後又被折為兩段、砸進垃圾桶內。

「這是……是什麼？這表示妳有了嗎？」小畢語無倫次地問。

之青輕撫肚皮，臉上洋溢著溫柔與滿足。「老公，你還是擔心孩子會有你那邊家族遺傳的阿茲海默基因嗎？」

「噢，不，當然不。」小畢鬆懈地笑出聲來，他信心滿滿地說：「我們的寶寶一定會遺傳到妳娘家那邊的健康基因。」

「我喜歡你說寶寶兩字的模樣。」之青甜笑，道：「她一定會是個健康可愛的孩子，我已經替她挑好了出生禮物，是一條鑲有寶石的字母項鍊。」

「是個女孩？我要將她取名為小喬，跟我祖母的名字一樣！可以嗎？」小畢喜出望外，他喜歡女娃兒，女娃兒都乾淨、漂亮、乖巧又討喜。

「只要你高興。」之青向小畢伸出手。

小畢來到妻子身旁單膝跪下，握住她纖細的小手不停親吻，還捧著她的臉頰親了又親。之青終於夢想成真，一個可愛的小女嬰肯定能將春天帶入他們的生命，沒錯，這就是婚姻的解答——孩子，枯樹逢生抽出新芽般的孩子。

「親愛的，懷孕後期會愈來愈不方便，以後你會早點回家，對吧？」之青充滿希望地問道。
「毫無疑問。」小畢保證。

後記

不曉得各位是否和我一樣，當讀到最後一頁時，會有止不住的心痛？

《消逝月河之歌》這本小說創作於2016年底，故事從疑雲重重的謎團展開，小畢是個音樂家，擁有放蕩不羈卻又脆弱無比的靈魂，他和之青的愛情始於意外碰撞的火花，結束於柴米油鹽的日常。雖說虛構，卻也非常寫實。

虛構的是月河鎮，這個場景的發想概念來自於荷蘭的失智村「霍格威」（De Hogeweyk），在讀到關於此地的新聞時，我的感觸很深，立刻想起我與世長辭的外婆。因為失智，外婆在人生最後的幾年躺在病床上無法言語，而我情願記得她的笑容滿面的模樣，於是，小畢的角色便悄悄在腦海中誕生了。

小畢是寫實的，他性格不乾不脆，經常做得太少又想得太多；婚姻也是寫實的，小畢和之青的爭執、之青對愛情的灰心、小畢在失去伴侶後的自我放逐，全都活生生、血淋淋。後來，因為小畢忘記得太多，所以他在月河鎮裡，以自己的方式追逐答案，卻被錯置的記憶愚弄而不自知。

我故意在小說中穿插了過往的倒敘，與月河鎮的生活交替錯落，小畢不斷追查之青失蹤的真相，故事愈是向後延伸，他的病情就愈是嚴重，記憶也往年輕時期倒退，接著他想起新婚燕爾的甜蜜，和初次邂逅之青的驚艷。寫下這個故事，我彷彿陪伴小畢走完一生。

我想藉由《消逝月河之歌》提醒自己和讀者們，別和小畢一樣，人生的最後只剩下失落，縱然我們都曾犯下錯誤，至少此時此刻，應當珍惜眼前。不瞞各位，我也害怕父母老去，也擔心自已有一天會成為子女的負擔，但願我們能一起努力，改善台灣的長期照護環境，讓晚年不再只是躺在安養院的病房中等待死神迎接，而能有更美好、更健康的生活品質，甚至像老劉和小江一樣談個戀愛。期待那一天的到來！

海德薇

要推理62　PG1862

要有光 FIAT LUX　消逝月河之歌

作　　者	海德薇
責任編輯	喬齊安
圖文排版	林宛榆
封面設計	楊廣榕

出版策劃	要有光
發 行 人	宋政坤
法律顧問	毛國樑　律師
印製發行	秀威資訊科技股份有限公司 114台北市內湖區瑞光路76巷65號1樓 電話：+886-2-2796-3638　傳真：+886-2-2796-1377 http://www.showwe.com.tw
劃撥帳號	19563868　戶名：秀威資訊科技股份有限公司 讀者服務信箱：service@showwe.com.tw
展售門市	國家書店（松江門市） 104台北市中山區松江路209號1樓 電話：+886-2-2518-0207　傳真：+886-2-2518-0778
網路訂購	秀威網路書店：https://store.showwe.tw 國家網路書店：https://www.govbooks.com.tw
總 經 銷	聯合發行股份有限公司 231新北市新店區寶橋路235巷6弄6號4F 電話：+886-2-2917-8022　傳真：+886-2-2915-6275

出版日期	2019年2月　BOD一版
定　　價	280元

國家圖書館出版品預行編目

消逝月河之歌 / 海德薇著. -- 一版. -- 臺北市 :
要有光, 2019.02
面 ;　公分. -- (要推理 ; 62)
BOD版
ISBN 978-986-6992-06-3(平裝)

857.81　　108000702

讀者回函卡

感謝您購買本書，為提升服務品質，請填妥以下資料，將讀者回函卡直接寄回或傳真本公司，收到您的寶貴意見後，我們會收藏記錄及檢討，謝謝！

如您需要了解本公司最新出版書目、購書優惠或企劃活動，歡迎您上網查詢或下載相關資料：http:// www.showwe.com.tw

您購買的書名：________________________________

出生日期：________年________月________日

學歷：□高中（含）以下　□大專　□研究所（含）以上

職業：□製造業　□金融業　□資訊業　□軍警　□傳播業　□自由業
　　　□服務業　□公務員　□教職　□學生　□家管　□其它____

購書地點：□網路書店　□實體書店　□書展　□郵購　□贈閱　□其他

您從何得知本書的消息？

□網路書店　□實體書店　□網路搜尋　□電子報　□書訊　□雜誌
□傳播媒體　□親友推薦　□網站推薦　□部落格　□其他________

您對本書的評價：（請填代號　1.非常滿意　2.滿意　3.尚可　4.再改進）

封面設計____　版面編排____　內容____　文／譯筆____　價格____

讀完書後您覺得：

□很有收穫　□有收穫　□收穫不多　□沒收穫

對我們的建議：________________________________

____

____

____

請貼
郵票

11466
台北市内湖區瑞光路 76 巷 65 號 1 樓
秀威資訊科技股份有限公司 收
BOD 數位出版事業部

(請沿線對折寄回，謝謝！)

姓　　名：＿＿＿＿＿＿＿＿　年齡：＿＿＿＿　性別：□女　□男

郵遞區號：□□□□□

地　　址：＿＿＿＿＿＿＿＿＿＿＿＿＿＿＿＿

聯絡電話：(日)＿＿＿＿＿＿＿＿　(夜)＿＿＿＿＿＿＿＿

E-mail：＿＿＿＿＿＿＿＿＿＿＿＿＿＿＿＿